Meyerhofer · Gertrud von le Fort

W0336608

KÖPFE DES 20. JAHRHUNDERTS
Band 119

KÖPFE DES 20. JAHRHUNDERTS

Nicholas J. Meyerhofer

Gertrud von le Fort

MORGENBUCH VERLAG

Die Deutsche Bibliothek – CIP-Einheitsaufnahme

Meyerhofer, Nicholas J.:
Gertrud von le Fort / Nicholas J. Meyerhofer. – 1. Aufl. –
Berlin: Morgenbuch-Verl., 1993
(Köpfe des 20. Jahrhunderts; Bd. 119)
ISBN 3-371-00376-0
NE: GT

1. Auflage
© 1993 Morgenbuch Verlag Volker Spiess
Satz: Volker Spiess, Berlin
Umschlag: Hauke Sturm, Berlin
Druck: Kösel, Kempten
ISBN 3-371-00376-0

Vorbemerkung

Die vorliegende Arbeit wurde durch einen großzügig gewährten Forschungszuschuß vom Wissenschaftlichen Unterausschuß der Deutschen Schillergesellschaft (Marbach) unterstützt. Der Autor ist Dr. Peter-Paul Schneider und der Deutschen Schillergesellschaft für diese finanzielle Förderung zu Dank verpflichtet. Der besondere Dank des Autors gilt Frau Eleonore von La Chevallerie, der letzten Sekretärin von le Fort und jetzigen Sachwalterin ihres Werkes, die durch ihre Gespräche mit ihm und in ihren Briefen durch Rat und wertvolle Einsichten sowie durch Quellenmaterial in Hankensbüttel die Arbeit unterstützt hat. Nicht zuletzt dankt der Verfasser Prof. Dr. A.K. Wimmer (University of Notre Dame), der das Manuskript sorgfältig durchgelesen hat.

Nicholas J. Meyerhofer
Flagstaff, Arizona

Für Albert

Begriff und Aufgabe einer christlichen Dichtung heute

»Warum schreiben Autoren?« Diese Frage läßt sich wohl mit der Vielfalt der jeweiligen schriftstellerischen Temperamente, mit existentieller Notwendigkeit, politischem Engagement, ästhetischem Formwillen und Schreiben als Therapieversuch usw. beantworten. Im Falle der Gertrud von le Fort scheint jedoch der wesentliche Schreibimpuls aus dem Bedürfnis nach christlich-humanistischer Lebensdeutung und Daseinsbewältigung zu stammen, und der Name der Dichterin wird – mit Recht – in den meisten literarischen Nachschlagewerken mit dem umfassenden aber nicht unproblematischen Begriff »christliche Dichtung des zwanzigsten Jahrhunderts« in Verbindung gebracht. Andere gleichrangige Repräsentanten moderner christlicher Literatur wie etwa Paul Claudel, Georges Bernanos, Elisabeth Langgässer, oder Werner Bergengruen genießen aber kaum die anhaltende Popularität von le Fort, deren Werke heute in mindestens 15 Fremdsprachen übersetzt sind. Beide Tatsachen, nämlich die Problematik eines Begriffs wie »christliche Dichtung« sowie deren nicht zu bestreitender Erfolg, zumindest in der dichterischen Ausdrucksform und Gestaltung von Gertrud von le Fort, bedürfen einer Erklärung und sollen zugleich als Einführung in eine Monographie über diese Dichterin dienen.

Die deutsche Dichtung und die christliche Religion stehen seit jeher in mannigfacher Wechselbeziehung. Diese lange Tradition eines gegenseitigen und fruchtbaren Einflusses erstreckt sich ununterbrochen vom Mittelalter bis zur Barockdichtung; sie gründet auf dem persönlichen Erleben vieler Dichter, auf ihrer Überzeugung und ihrem Glauben an Gott, Kirche und Kirchenlehre. Eine solche

Übereinstimmung zwischen christlichem Gehalt der Dichtung und konfessionellem Bekenntnis läßt nach in der Aufklärung und verschwindet fast vollends im nachaufklärerischen 19. Jahrhundert, in einer Zeit des kritischen Rationalismus und des wachsenden Subjektivismus. Kurz vor 1900 hatte dann die Prometheus-Vorstellung vom Dichter als Genie, vom Autor als autonomem und schöpferischem Individuum den Vorrang; diese künstlerische Aufwertung des Autors zum selbstherrlichen Schöpfer stand notgedrungen, um Nietzsche zu paraphrasieren, jenseits des Christentums, ja über dem Christentum. Der scheinbar unaufhaltsame allgemeine Fortschritt der Naturwissenschaften, insbesondere der Darwinismus, verstrickt den gläubigen Christen der zweiten Hälfte des 19. Jahrhunderts in neue Krisen: Die Technik und die wissenschaftlichen Errungenschaften fördern ein neues Verhältnis zur Natur, während der Nachweis der Abstammung des Menschen vom Tier in direktem Widerspruch zur Bibel zu stehen scheint.

Das 20. Jahrhundert rüttelt weiter am Wahrheitsgehalt des christlichen Glaubens, und die Auffassung vom Religiösen als Urgrundlage des Lebens wird zusehends schwächer. Im Gefolge der politischen Katastrophen des 20. Jahrhunderts, nach den Schrecken, der Barbarei und den Zusammenbrüchen der beiden Weltkriege und etlicher regionaler Kriege, ist es kaum verwunderlich, daß die Überlieferung von herkömmlichen Werten in den Bereichen der Philosophie und Religion ernsthaft gefährdet ist. Selbst der optimistische Fortschrittsglaube erlischt in einem Zeitalter des Völkermordes, möglicher nuklearer Selbstvernichtung und alltäglicher Umweltzerstörung, so daß sich der Mensch von heute – mit den Worten der Existenzphilosophie – in einer Art Grenzsituation befindet: Er lebt in Furcht, denn er weiß, daß die Macht und die Fortschritte, die er geschaffen und gewonnen hat, sein Ende herbeiführen können.

Auf diesem Hintergrund erhebt sich zwingend die Frage nach dem Glauben an Gott und den Sinn oder Nichtsinn des Lebens. Schon früh in diesem Jahrhundert, nämlich kurz nach dem Ersten Weltkrieg, hat der Philosoph Max Scheler dieses totale Entwurzeltsein, diese absolute Fragwürdigkeit des heutigen Menschen so formuliert: »Wir sind in der ungefähr zehntausendjährigen Geschichte das erste Zeitalter, in dem sich der Mensch völlig und restlos 'problematisch' geworden ist, in dem er nicht mehr weiß, was er ist, zugleich aber auch weiß, daß er es nicht weiß.«[1] Es gibt heute kaum jemanden, der nicht die Erfahrung der Bedenklichkeit seiner Existenz teilt oder zumindest versteht, so verschieden sich auch die Dingordnung gestalten mag, an der sich das menschliche Denken orientiert. So kommt es auch, daß die Frage »Was ist der Mensch in dieser Welt?« die Kernfrage aller heutigen Dichtung ist. Was das moderne Denken und Dichten gerade in dieser Frage kennzeichnet, ist eine unerbittliche Wahrhaftigkeit. Sie macht die verzweifeltste und gequälteste Lösung zu einem Dokument echter Menschlichkeit auf der Suche nach dem Selbst.

Sicherlich muß man im Bereich der Dichtung des 20. Jahrhunderts eine Vielfalt an Weltdeutungsversuchen berücksichtigen. Beispielsweise vertritt die Literatur des französischen Existentialismus häufig eine radikale Weltskepsis. Nach Albert Camus drückt der Mythos von Sisyphos den Sinn des Daseins am deutlichsten aus: Die menschliche Existenz stellt nur das große Umsonst alles Geschehenen und Getanen dar, die ewige Wiederkehr des Anfangens und die Sinnlosigkeit des Duldens, Hungerns und Sterbens. Aber selbst im Begriff des Absurden bei Camus liegt noch eine Art Hoffnung, und zwar in der Tatsache, daß der Mensch in einer sinnlosen Welt letzten Endes nicht einfach Selbstmord begeht, sondern das Weiterleben wählt. In den Werken von Franz Kafka spürt man das Zeugnis eines ähnlichen Verhaltens, und in diesem Sinne wäre das

Alterswerk von Thomas Mann – beispielsweise sein DOKTOR FAUSTUS – mit den Werken von André Gide und James Joyce vergleichbar: Sie führen bis an die Grenze des Nichts, sie sind literarische Auseinandersetzungen mit dem Nihilismus. Der Mensch ist, wie Malraux es ausdrückt, ein »frontalier du néant.«
Angesichts dieser Problematik und auf dem Hintergrund einer solchen geistigen Lebensauffassung erhebt sich auch das Problem der Kunst schlechthin, die Schwierigkeit, die Welt überhaupt noch ästhetisch begreifen zu können und auf ästhetische Weise darstellen zu dürfen. Kann die Kunst von heute die Befindlichkeit, die Grenzsituation des zeitgenössischen Menschen bewältigen? Der späte Thomas Mann stellte die Frage, ob die Kunst »bei dem heutigen Zustand unseres Bewußtseins, unserer Erkenntnis, unseres Wahrheitssinnes noch erlaubt und geistig möglich, noch ernst zu nehmen ist«, ob sie »noch in irgendeiner legitimen Relation steht zu der völligen Ungesichertheit, Problematik und Harmonielosigkeit unserer gesellschaftlichen Zustände«.[2] Manns Fragestellung wird um so dringender, je schärfer diejenigen Wirklichkeiten angezweifelt werden, welche normalerweise als das Fundament für die Kunst des Abendlandes gelten: Vermächtnis der Antike, Wert der geschichtlichen Kontinuität, Humanismus und christliche Teleologie. Soweit sich die gegenwärtige Kultur am Ende fühlt, kommt dies auch in der Kunst zum Ausdruck.
Viktor E. Frankl mutmaßte, daß jedes Zeitalter unter einer bestimmten Neurose leide und die kollektive Gemütskrankheit unseres jetzigen Zeitalters ein alles umgreifendes Gefühl der Sinnlosigkeit sei. Im Kontext dieser Zuspitzung der Seinskrise im 20. Jahrhundert ist dem christlichen Dichter klar, welche Funktion die christliche Literatur zu erfüllen hat, zugleich aber auch, wie attraktiv eine solche Literatur zu sein vermag. Hans Egon Holthusen hat vor einigen Jahrzehnten behauptet, es sei in der 'heutigen' Si-

tuation die Pflicht christlicher Denker und christlicher Literatur »die Rolle des Aufklärers (zu) übernehmen (...) in einer von vielen heidnischen Ideologien (...) und Hirngespinsten verdunkelten Welt.«[3] Holthusens Diktum ist heute gültiger, ja treffender denn je. Was christliche Dichtung angesichts der insgesamt so bedrückenden Welt also darzustellen und anzubieten hat, ist die Wirklichkeit des vom zeitgenössischen Menschen Verlorenen aber dennoch Gesuchten: die Überzeugung von der Gesamtheit des Weltbaus, der Realität eines allwissenden und persönlichen Gottes, der Hoffnung auf Sinn und Gnade in dieser scheinbar katastrophalen Welt. Diese Überzeugung und dieser feste Glaube sind in dem dichterischen Werk von le Fort nicht zu überhören, denn in ihm findet der Leser alles andere als Seinsverlust, absurd gewordenes Dasein, Pessimismus oder Nihilismus. Diesem tritt die im Christentum verwurzelte Dichterin entgegen, tief verankert, um Paul Claudel zu zitieren, in »den Urdingen und dem Fundamentalen«, und zwar in meistens unverschleierter Weise, so daß Wilhelm Grenzmann die Autorin mit Recht als »die Theologin unter den Dichtern unserer Tage« bezeichnet hat.[4] Alle ihre Werke sprechen dafür, daß Gertrud von le Fort ständig den christlichen Glauben an den Sinn des Lebens bewahrt hat, und dieses Bekenntnis wird in Essays wie DER CHRIST IM ATOMZEITALTER, VOM WESEN CHRISTLICHER DICHTUNG und WORAN ICH GLAUBE zum direkten Ausdruck gebracht: »Der heutige Mensch, wenn er sich zur Erfahrung der Gottesliebe bekehren will, muß sich zunächst einmal zu seiner eigenen Menschlichkeit bekehren. Daß eine solche Bekehrung selbst im Atomzeitalter möglich ist, daran glaube ich trotz der scheinbaren Unaufhaltsamkeit der heutigen Entwicklung. Als Dichterin habe ich mich immer wieder zu diesem Glauben bekannt: besonders die weiblichen Gestalten meiner Bücher sind Trägerinnen dieses Glaubens (...). Ich glaube an die Liebe Gottes, ich glaube an den Menschen, ich glaube selbst im Atomzeitalter an den Sieg des Erbarmens«.[5] Der dichterische Erfolg von le Fort ist sicher nicht nur – aber auch nicht zuletzt – auf diese thematische, diese Hoffnung erweckende Grundhaltung zurückzuführen.

Biographische Einführung

Man muß mit einer scheinbaren Unvereinbarkeit beginnen. Nahezu ihr ganzes Leben lang verwahrte sich Gertrud von le Fort gegen biographische Neugier, veröffentlichte aber trotzdem sechs Jahre vor ihrem Tod eine Autobiographie. Die Autorin, die sonst so wortkarg in persönlichen Angelegenheiten war und den literaturwissenschaftlichen Biographismus bekämpfte: »Die Persönlichkeit und das persönliche Leben des Dichters sind nicht Erklärung des dichterischen Schaffens, sondern eher dessen Schranken. (...) Dies ist der tiefste Grund, weshalb ich die Veröffentlichung biographischer Daten über den lebenden Dichter ablehne«[6], schreibt dennoch eine idiosynkratische Selbstdarstellung, die sie – wohl in Anlehnung an Hölderlin, den sie sehr schätzte – HÄLFTE DES LEBENS nennt. Erklären kann man diesen Widerspruch vielleicht aus der Tatsache, daß Gertrud von le Forts Herkunft im Verlauf ihres langen Lebens in ihr und in ihren Werken ständig fortgewirkt hat, denn fast alles, was sie in der zweiten Hälfte ihres Lebens hervorbrachte, entsprang der ersten Lebenshälfte. Die erste Hälfte war Vorbereitung, die zweite Erfüllung.

Geboren wurde Gertrud Auguste Lina Elsbeth Mathilde Petrea Freiin von le Fort am 11. Oktober 1876 in Minden in Westfalen als Tochter des preußischen Majors Lothar Freiherr von le Fort (1831–1902) und seiner Ehefrau Elsbeth geb. von Wedel-Parlow (1842–1918). Die Dichterin entstammte demnach einer alten Adelsfamilie. Die Mutter kam aus altem märkischen Landadel, und zwar aus dem weitverbreiteten Geschlecht derer von Wedel, nach dem elterlichen Gut von Wedel-Parlow genannt; sie war die Enkelin des genialen Miterfinders der Schnellpresse, Andreas Bauer. Die le Forts waren italienischen, genauer piemontesisch-savoyischen Geblüts. Der älteste Ahne, auf den die Forschung zurückgreifen kann, Etienne Lifforti, stand 1496 als »Capitain der Cürassiere« im Dienste des Herzogs von Savoyen. Um die Mitte des 16. Jahrhunderts wanderten zwei seiner Enkel wegen ihrer hugenottischen Überzeugung nach Genf aus. Der jüngere, der Stammvater der Genfer Leforts, trug sich 1559 an der eben eröffneten Akademie als Johannes Antonius Lefortus Cuniensis ex Pedemontio ein. 1565 erscheint er als Genfer Bürger, und von ihm her besaßen alle späteren le Forts das Schweizer Bürgerrecht. Ein Urenkel dieses Jean Antoine le Fort, nämlich François le Fort (1656–1699), ging als Neunzehnjähriger nach Rußland, wo er ein Freund und Berater Peters des Großen wurde und als Admiral und General in russischen Diensten glänzende Karriere machte. 1696 gewann er einen großen Seesieg über die Türken und begleitete den Zaren auf dessen Europareise. Dem Admiral folgte 1694, höchstwahrscheinlich mit großen kaufmännischen Plänen, sein Neffe, der zweite Sohn des Ami Lefort, nach Rußland. Dieser Pierre le Fort, zu Beginn des Nordischen Krieges Oberst im Heer des Zaren, geriet 1700 in schwedische Gefangenschaft und wurde später russischer General. Er verheiratete sich in Mecklenburg und wurde der Stammvater der deutschen le Forts. Ein Diplom des Kaisers Franz I. erhob eine ihrer Linien – jene, der die Dichterin angehörte – 1759 in den Reichsfreiherrenstand, und aufgrund dieser Erhebung schreibt die Linie ihren Namen mit kleinem l.[7] Das Geschlecht der le Fort war also, in den oft wiederholten Worten des Vaters an die Dichterin, »eigentlich überall dabeigewesen«: bei den Religionswirren des 16. Jahrhunderts, der russisch-türkischen Auseinandersetzung im 17. Jahrhundert, der letzten Verteidigung des französischen Königtums im 18. Jahrhundert und zuletzt im Deutsch-Französischen Krieg von 1870–1871, in dem der Vater sich ausgezeichnet hatte.

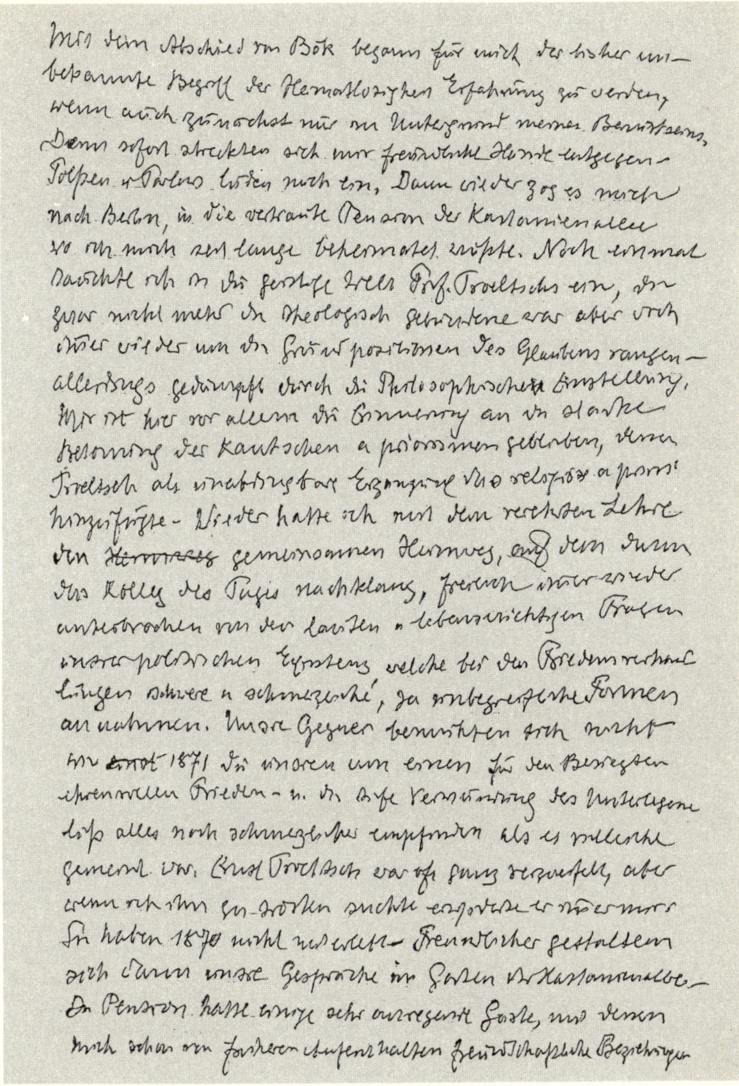

Mit dem Abschied von Bök begann für mich der bisher unbekannte Begriff der Heimatlosigkeit Erfahrung zu werden, wenn auch zunächst nur im Untergrund meines Bewußtseins. Denn sofort streckten sich mir freundliche Hände entgegen. Tolpen u. Pelows luden mich ein, dann wieder zog es mich nach Berlin, in die vertraute Pension der Kastanienallee wo ich mich seit lange beheimatet wußte. Noch einmal dachte ich in die geistige Welt Prof. Troeltschs ein, der zwar nicht mehr der theologisch gebundene war aber doch immer wieder um die Grundpositionen des Glaubens rangen allerdings gedämpft durch die philosophischere Einstellung. Mir ist hier vor allem die Erinnerung an die starke Betonung des Kantschen a priori im geblieben, dessen Troeltsch als unabdingbar Ergänzung das religiöse a priori hinzufügte. Wieder hatte ich mit dem reichen Lehrer den ~~[illegible]~~ gemeinsamen Heimweg, auf dem durch das Rollen des Tages nachklang, freilich immer wieder unterbrochen von der lauten u. lebenswichtigen Fragen unserer politischen Existenz welche bei den Friedensverhandlungen schwere u. schmerzliche, ja unbegreifliche Formen annahmen. Unsre Gegner benahmen sich nicht wie ~~[illegible]~~ 1871 die unseren um einen für den Besiegten ehrenvollen Frieden – u. die tiefe Verstimmung des Unterlegenen ließ alles noch schmerzlicher empfinden als es vielleicht gemeint war. Ernst Troeltsch war oft ganz verzweifelt, aber wenn ich ihn zu trösten suchte erwiderte er immer: Wir haben 1870 nicht [illegible] – Freundlicher gestalteten sich dann unsre Gespräche im Garten der Kastanienallee – Die Pension hatte einige sehr anregende Gäste, mit denen mich schon von früheren Aufenthalten freundschaftliche Beziehungen

Aus: Handschriftliche Memoiren; le Fort-Nachlaß im Deutschen Literaturarchiv Marbach. Zugangsnummer 73.1704

Das erzählerische Werk Gertrud von le Forts stützt sich in erster Linie auf diese geschichtlichen Hintergründe der eigenen Familie. Ihr Vater, der sich der Bildung seiner Tochter persönlich annahm, führte sie anhand von Erzählungen, Ahnenbildern und Dokumenten des Familienarchivs, die aus Paris, Petersburg, Wien und Genf stammten, in die Geschichte der Familie ein und weckte so früh ihr leidenschaftliches Interesse für alles Geschichtliche. Ein inniges Verhältnis verband Vater und Tochter und in ihren autobiographischen Schriften schildert le Fort ihn als einen auf seine protestantischen Ahnen stolzen Offizier, der zu jener tüchtigen Generation von Soldatenführern gehörte, die ihr militärisches Handwerk mit ständigem Bildungsbemühen verbanden, besonders im Studium ihnen nahestehender Fächer. Der Vater interessierte sich nicht nur für Geschichte, sondern auch für Philosophie und ist von der Kriegs- zur Weltgeschichte vorgedrungen. Auf diese Weise verstand er es, zu umfassenden deutschen und europäischen geistigen Horizonten vorzustoßen und in den geschichtlichen Abläufen die sittliche Weltordnung aufzudecken: »Die Philosophie, die seinem Charakter am meisten entsprach, war die Philosophie Kants. Er glaubte an eine sittliche Weltordnung, die er im Leben des Einzelnen, aber auch im allgemeinen geschichtlichen Geschehen wirksam sah.« Schon als Sechzehnjährige las die Tochter die Werke von Ranke und Kant, denn die geistigen und ethischen Schwerpunkte des Vaters wurden zu persönlichen Stützen für die Tochter: »Ihm, dem Verehrer Kants, verdanke ich die Verpflichtung zur letzten Selbstverantwortung, das todernste Wissen, daß uns keine Autorität der Welt jemals die Verpflichtung zu persönlicher Entscheidung abnehmen kann« (HL, 74).

Solche persönlichen Informationen kommen aber eigentlich in dieser Selbstdarstellung ziemlich selten vor, denn in der Tat ist HÄLFTE DES LEBENS (1965) alles andere als eine typische Autobiographie: Der schmale Band hat 150 Seiten und enthält statt ausführlicher Details nur einige jener Erfahrungen und Erlebnisse, die die innere Entwicklung der ersten Lebenshälfte beeinflußten. Wie die Dichterin selbst in der Einleitung ihres Werkes gesteht: »Diese Aufzeichnungen sind nicht dazu bestimmt, mein persönliches Leben zum Gegenstand literarischen Interesses zu machen (...) Es sind also nicht eigentlich Memoiren, es sind Erinnerungen« (HL, 5f). Le Forts 'autobiographische' Aufzeichnungen und Erinnerungen vom Jahre 1951 waren ein ähnlicher Fall: nur 29 von den 141 Seiten sind tatsächlich biographischen Inhalts, während der Rest aus literarischen und zeitkritischen Essays besteht. Die Autorin, die erst mit 48 Jahren ihr erstes bedeutendes Werk veröffentlichte, spricht in ihren autobiographischen Schriften vom Zusammenhang zwischen ihrer Kindheit und ihrem dichterischen Beruf: »Meine Entwicklung als Dichterin war eine sehr langsame. Das hing wohl zum Teil mit der Eingezogenheit zusammen, in der ich aufwuchs. Bis zu meinem 15. Jahr wurde ich privatim unterrichtet. Noch mit 20 Jahren nahm mir mein Vater die Romane weg. Wohl habe ich als junges Mädchen einiges veröffentlicht, obgleich nicht alles, was man mir gelegentlich zuschrieb, mir gehört. (...) Dennoch hörten diese Veröffentlichungen mit meiner zunehmenden Reife fast ganz auf. Ich fühlte – im Gegensatz zu den meisten jungen Dichtern – eine Scheu vor der Öffentlichkeit, mein Maßstab war größer geworden und meine Meinung vor mir selbst geringer« (WG, 76).

In ihrer Kindheit hatte le Fort so gut wie keinen festen Wohnsitz, keinen Ort, den sie als ihre Heimat hätte bezeichnen können: »Mein Elternhaus war nicht, wie das der meisten Menschen, gleichbedeutend mit der Heimat; es war nicht das sichtbare Haus, das sich nur einmal auf Erden findet, in einen einmaligen Ort, eine einmalige Landschaft gestellt, eben in die Heimat, sondern es stand im

Lauf der Jahre hier und dort, wie die wechselnden Garnisonen meines Vaters es mit sich brachten« (HL, 7). Kontinuität in ihrer Kindheit bezog die Dichterin aber von den Eltern und deren Familienkreis. War der Vater die unbestritten höchste Autorität im Haus und ein Mann, der oft schroff und starrsinnig sein konnte, so war er seiner Tochter Gertrud gegenüber nach deren eigenen Worten jedoch »immer aufgeschlossen, ja seltsam schwach«. Von ihrem Vater, den sie als »der Kreatur sehr verbunden« beschreibt, gewann die Tochter das Gefühl einer engen Zusammengehörigkeit mit der Natur: »Im Winter fütterte er mit mir die Vögel (...) Mein Vater ging auch – im Gegensatz zu seinen meisten Verwandten – nicht auf Jagd, er hatte keine Freude am Erlegen der Tiere« (HL, 10f).

Durch ihre Mutter Elsbeth wurden die drei Kinder – Gertrud, Elisabeth und Stephan – mit zwei weiteren Bereichen vertraut gemacht, mit Religion und deutscher Dichtung. Mit ihrem unerschöpflichen Reichtum an zeichnerischen Einfällen und aus dem »Echtermayer« auswendig gewußten Gedichten bezauberte die Mutter ihre Kinder. Am nachhaltigsten war ihr Einfluß im religiösen Bereich: In den täglichen, dem Verlauf des Kirchenjahres folgenden Morgenandachten und im steten Beispiel ihres Lebens vermittelte sie ihre an der Heiligen Schrift, den Losungen der Brüdergemeinde, an IMITATIO CHRISTI und evangelischem Lied genährte Frömmigkeit den Kindern.

Durch den Offiziersberuf des Vaters mußte die Familie le Fort häufig den Wohnsitz während der Kindheit der Dichterin wechseln. Am 6. Mai 1880 wurde in Minden die Schwester Elisabeth geboren, der Gertrud ihr ganzes Leben lang besonders nahe stand. Gleich nach der Geburt mußte die Familie nach Berlin übersiedeln, wo sie eine Etage Ecke Landgrafen- und Kurfürstenstraße bewohnte. Zu den Berliner Erinnerungen le Forts gehören Begegnungen mit Kaiser Wilhelm I. und dem alten Bismarck:

»Das damalige Berlin spiegelte noch den letzten Glanz einer zu Ende gehenden Epoche, was aber natürlich uns Kindern und wohl auch unseren Eltern in keiner Weise bewußt war. Ich sah noch den alten Kaiser am historischen Eckfenster seines Palais, als meine Mutter das kleine Kind auf ihren Armen hochhob, so daß es über die Menge hinwegblickte. Das freundliche Antlitz des alten Kaisers blieb mir lebenslänglich unvergeßlich eingeprägt. Noch eindrucksvoller war die Begegnung mit Bismarck. Er kam uns auf einer einsamen Brücke im Tiergarten zu Pferde entgegen, als ich meinen Vater beim Spaziergang begleitete. Dieser hat später oft erzählt, Bismarck habe an jenem Tage im Reichstag Ärger gehabt und sei recht verdrossen dahergekommen. Aber nachdem er sich mit meinem Vater militärisch begrüßte, habe sich sein Gesicht aufgehellt, und er habe mir kleinem knicksenden Mädchen – ich war kaum fünf Jahre alt – mit der Hand freundlich zugewinkt« (HL, 14f).

Am 16. Juli 1884 wurde in Berlin Gertruds Bruder Stephan geboren; kurz nach der Geburt erhielt der Vater die Nachricht, daß er nach Koblenz versetzt wird. Hier lag die Familienwohnung auf dem rechten Rheinufer in Ehrenbreitstein, und von der Wohnung aus hatte man einen herrlichen Blick auf den mächtigsten der deutschen Flüsse. Jahrzehnte später, wie le Fort in HÄLFTE DES LEBENS kritisch schreibt, war das Wasser dieses Stromes zu einem tragischen Sinnbild des Zeitalters selbst geworden: »Das Wasser war damals noch durchsichtig grün und glasklar, ein selbstherrliches königliches Element, über das menschliche Betriebsamkeit noch keine Macht besaß. Etwas Herrliches bedeutete es, diesen Strom zu bewundern (...) Ich werde nie den Schmerz verwinden, mit dem ich ihn nach vielen Jahren wiedersah, von menschlich-barbarischem Geschäftsgeist entstellt, die einst glasklaren grünen Wasser von trübem braunem Schaum gefärbt. Er schien mir wie das große tragische Symbol einer Zeit, die ihre gewinnsüchtigen Hände nach den freiesten Schöpfungen der Natur auszustrecken wagt und vielleicht – hier wird die Tragik ganz groß –, vielleicht sogar wagen muß!« (HL 19f). Die Familie verbrachte die Jahre von 1884 bis 1888 in Koblenz. In die frühe Koblenzer Zeit fiel der erste Unterricht durch eine Privatlehrerin. Während dieser Periode entstanden auch die ersten kindlichen Verse der künftigen Dichterin, die zum Teil von ihrer Mutter aufgezeichnet wurden. Das hochintelligente Mädchen hörte aufmerksam zu, wenn der Vater ihrer Mutter aus der Zeitung vorlas. Und im Alter von zehn Jahren versuchte sie selbst, eine Zeitung herauszugeben, in der neben »Nachrichten« und »Anzeigen«, noch »mit fürchterlicher Orthographie geschrieben«, von ihr verfaßte Geschichten in Fortsetzungen erschienen.

Im Jahre 1888 zog der Vater mit seiner Familie nach Hildesheim, nachdem er als Oberst seinen Abschied genommen hatte. Hier besuchten seine beiden Töchter endlich einen ordentlichen Schulunterricht, nämlich im Institut des Fräulein von Hern. In diesem Institut schrieb Gertrud regelmäßig die besten deutschen Aufsätze, zeigte aber weder Interesse noch Talent für die Rechenstunden. Neben Deutsch war Geschichte, zumal die mittelalterliche Geschichte, das Lieblingsfach der jungen Schülerin. Die alte, schöne Stadt selbst regte sie hierzu an, denn hier öffnete sich Gertrud von le Fort der Blick für geschichtliche Zusammenhänge, die sie zu vielen Gedichten ermunterten: »Meine kurze Schulzeit spielte sich in einem Institut des heute schmerzlich zerstörten Hildesheim ab. Mit seinen prächtigen Fachwerkbauten, seinen uralten Kirchen und seiner tausendjährigen Rose regte es die Ehrfurcht vor der Vergangenheit mächtig in mir an. Mein Vater hatte diese Ehrfurcht schon durch die eigene Familiengeschichte, die, wie man heute sagen würde, eine im wahren Sinn europäische Geschichte war, erweckt« (WG, 72). Die Inspiration für die viel später geschriebenen Legenden Das

Reich des Kindes (1933) und Die Vöglein von Theres (1937) stammte aus diesen Hildesheimer Jahren, und die ersten Gedichte, die Gertrud von le Fort veröffentlichte («Zwei alte Häuser« und »Die ewig Lampe«), wurden in dieser Hildesheimer Zeit verfaßt.[8] Auch einem Tennisklub trat Gertrud bei, aber die dortige Spielfreude wurde ein wenig durch die strengen Ansichten ihres Vaters getrübt, der ihr nicht gestattete, sich von ihren Verehrern nach Hause begleiten zu lassen. Während dieser Jahre verbrachte die Familie lange Sommeraufenthalte auf den mecklenburgischen Gütern: Boek am Müritzsee, Polßen, Parlow und Misdroy an der Ostsee. Vor allem das Gut Boek, das zwei unverheirateten Onkeln gehörte und dessen Erbe der Bruder Stephan war, wurde zu dieser Zeit zum Mittelpunkt und zum geistigen Heim der Familie. Hier verlieh die Natur der jungen Dichterin ihre Eigenart – das Landleben wird gefühlvoll und mit viel Sachverständnis in ihrer Autobiographie geschildert – und diese Naturidylle regt sie dann zu vielen Gedichten an. Häufige Reisen auf die Güter der Wedelschen Verwandten (Polßen und Parlow), ebenso zu dem 95-jährigen Großvater nach Misdroy brachten reichliche Abwechslung. 1896 unternahm sie eine längere Reise nach Wien, Venedig, Florenz und Genua, und im nächsten Jahr erschien die erste Erzählung le Forts, Die roten Schuhe, in der Zeitschrift *Feierstunden*, unter dem Pseudonym G. von Stark, eine Übersetzung des französischen »Fort«.

1897 brachte den Umzug nach Ludwigslust, einer reizvollen Kleinstadt und Sommerresidenz der Mecklenburgischen Großherzöge, um dem Familiengut Boek näher zu sein. In Hälfte des Lebens schreibt le Fort über Ludwigslust: »Hier tat sich eine neue Welt vor mir auf ... Ich habe später in meiner Novelle Das fremde Kind versucht, die zauberhafte Anmut jener kleinen Sommerresidenz der Mecklenburgischen Großherzöge wiederzugeben – eine Welt ganz anderer Art als die von großer

Vergangenheit umwitterte Hildesheims, aber auch eine Welt in sich geschlossen und voller Zauber.« Die Novelle DAS FREMDE KIND erschien aber erst 1961 als eines der Spätwerke le Forts; zum Zeitpunkt der Veröffentlichung war die Dichterin 85 Jahre alt, und sie war beunruhigt angesichts des wachsenden moralischen Defizits in der Nachkriegsgesellschaft Deutschlands. Das Werk ist daher nicht nur eine etwas nostalgische und mit Beschreibungen von alten mecklenburgischen Landbräuchen angereicherte Verinnerlichung einer als verloren erfahrenen heimatlichen Welt, sondern es kann auch als Kritik traditioneller Religiosität, schuldhaften Schweigens zu offenkundigen Verbrechen, sowie der eigenen aristokratischen Klasse gelesen werden. Die Geschichte umfaßt die Zeit von vor bis nach den beiden Weltkriegen. Die Ludwigsluster Szenerie und die Personen in der Erzählung sind durchaus autobiographisch. Die joviale, fromme Gestalt des 'Onkel Hasso' und dessen Gut Groß-Ellersdorf tragen z.B. viele Züge von le Forts mütterlichem Onkel Egon von Wedel-Parlow und dem Gut Boek. Der tatsächliche Onkel hatte in seiner Jugend Theologie studiert, und ihm verdankte Gertrud von le Fort ihre ersten theologischen Anregungen; der fiktive Onkel Hasso mußte erleben, wie so manche seiner Standesgenossen vom aristokratischen ins Lager der Nazis überwechselten. Groß-Ellersdorf, Inbegriff der alten heilen Welt, wurde Flugplatz, wurde also gezwungen, zur Kriegswaffe, zur Vernichtungsmaschinerie zu verkommen, und Onkel Hasso hielt die unheilvolle Entwicklung nicht dadurch auf, daß er das Herrenzimmer mied, weil dort ein Hitlerbild hing.
Das tatsächliche Erbgut Boek beheimatete zur Ludwigsluster Zeit viele Zeugnisse aus der Geschichte der Familie le Fort: »Das Innere des Boeker Herrenhauses war voll von schönen alten Biedermeiermöbeln und Bildern – da hingen die prächtigen holländischen Stilleben mit ihren zum Anbeißen reifen Früchten – da hing auch im Eßsaal

die lange Reihe der Familienbilder vieler Generationen (...) Die Reihe schloß mit den Bildern meiner Eltern« (HL, 48f). Das mecklenburgische Gut am Müritzsee mit dem weißschimmernden, großen Haus am Ende einer dunklen Kastanienallee, sowie den Zauber der Naturerlebnisse aus dieser Zeit hat Gertrud von le Fort in ihren AUFZEICHNUNGEN UND ERINNERUNGEN (1951) beschrieben: »Wir waren zuweilen monatelang auf dem Lande. Da rutschte man die Strohmieten hinunter, da saß man beim Einfahren oben auf dem Heuwagen, man wurde nach altem Schnitterbrauch während der Roggenernte »gebunden«, man half junge Enten hüten und die Habichte vertreiben, man fütterte Fohlen und Hirsche, man fuhr mit dem Ponywagen durch die feierliche Monotonie meilenweiter Kiefernwälder, über deren Lichtungen sich die Teppiche der blühenden Erika breiteten.«[9] In dieser Landidylle versuchten die beiden Schwestern, Gertrud und Elisabeth, weiter zu dichten, und Gertrud schloß sogar 1899 ihren ersten Verlagsvertrag ab, nämlich mit dem B. Wiemann-Verlag in Barmen über JACOMINO unter dem Pseudonym G. von Stark. Die Erzählung erschien noch im selben Jahr in der *Sammlung kleiner Volksschriften*, Nr. 30. 1900 gibt sie ihren ersten Gedichtband heraus (Schwerin: Bahn).
Die idyllische Zeit in Ludwigslust und auf den norddeutschen Gütern ihrer Familie wurde am 29. August 1902 »grausam zerrissen durch den plötzlichen Tod meines geliebten Vaters«. Es war für le Fort eine erste und erschütternde Begegnung mit dem Tod; während der nachfolgenden Trauerzeit lebten Mutter und Kinder »fern von jeder Geselligkeit in völliger Zurückgezogenheit«. Der Tod des Vaters beraubte Gertrud ihres bisherigen geistigen Wegweisers. Erst jetzt konnte sie sich aber endlich mit der modernen Literatur vertraut machen, von der der Vater nicht viel gehalten hatte: Zola, Fontane und Ricarda Huch wurden von Gertrud »verschlungen«, während die Schwester Elisabeth »eine besondere Vorliebe für die nor-

dischen Dichter, die großen Dramatiker Ibsen und Björnson« besaß, und »alle diese Autoren lasen wir damals gemeinsam, besprachen und umschwärmten sie« (HL, 77). Diese Beschäftigung mit moderner Literatur war für beide Schwestern eine Anregung zu neuen literarischen Versuchen, die im Falle Gertruds durch den Gymnasialprofessor Schaumkell gefördert wurden. In den nächsten Jahren erschienen ihre Gedichte, Essays und Geschichten in etlichen Zeitschriften: in *Westermanns Monatsheften*, der *Deutschen Monatsschrift*, der *Deutschen Frauenzeitung* u.a.m. Obwohl manche Aufsätze ziemlich anregend und durchaus originell sind (z.B. »Frauengestalten in Schillers Leben« in: *Sonntagszeitung für Deutschlands Frauen* , Nr. 32, 1905), ist die Mehrzahl der Geschichten und Gedichte aus dieser Zeit noch etwas sentimental und unausgereift:

»Der verlassene Hof«

Draußen im stillen Land,
Am weiten Ufer der Heide
Blüht zwischen Sumpf und Sand
Eine silbrige Weide.
Die steht unter altem Zaubergebot,
Daß ihre Zweige sich breiten,
Und der Hof daneben ist doch schon tot
Seit langen Zeiten.

Der Bauer zog hinaus,
Reichtum in Truhen und Taschen,
Den Segensspruch am Haus
Haben die Wetter verwaschen.
Das alte Dach der Väter sank hin
Wie der Stolz der Bauern,
Nur das Eichengebälk über dem Kamin
Trotzt in den Mauern.

Und nur die Weide klagt
Um den toten Hof im Winde,

Das klingt so schwerverzagt
Wie das Weinen von einem Kinde.
Und immer noch, mußt' ich vorübergehn,
Ist es durchs Herz mir gefahren,
Als wär mir da selber ein Leid geschehn
Vor langen Jahren.[10]

Heidelberg, Marburg und der Erste Weltkrieg

Im Alter von 32 Jahren ging Gertrud von le Fort auf Anraten von Professor Schaumkell nach Heidelberg und ließ sich an der Universität als Hörerin einschreiben. Abgesehen von kleineren Unterbrechungen studierte sie von 1908 bis 1914 in dieser schönen, vom Zauber der Romantik durchdrungenen Stadt und sagt im Rückblick auf diese Zeit: »Heidelberg bedeutet dann auch die wichtigste und entscheidendste Etappe meines Lebens und nicht, wie manche Interpretationen behaupten, ein nach meiner Konversion überwundenes Stück geistigen Lebens – inwieweit auch meine Konversion zur katholischen Kirche von der Heidelberger Zeit mitbestimmt wurde, ist kaum je verstanden worden. Es bedurfte der ganzen theologischen und historischen Weltschau meiner Heidelberger Lehrer, um diesen Weg zu ermöglichen, dem meine von Jugend auf der Einheit der Kirche zugewandte Innerlichkeit zustrebte« (HL, 83f.). Die Heidelberger Zeit erwies sich als geistig und geistlich entscheidend und brachte die Dichterin ihrem Lebensziel näher.

Die Universität selbst war zu dieser Zeit relativ klein, so daß die Professoren sich noch einzelner Studenten annehmen konnten. Obwohl einer offiziellen Immatrikulation der durch den vielfachen Ausbildungswechsel bedingte Mangel des Abiturs im Wege stand, empfand die neue Studentin trotzdem die Universität als eine neue Welt, nach der sie sich gesehnt hatte: »Die damaligen Universitätsprofessoren waren noch nicht wie heute durch wahre Sturmfluten von Studenten bedrängt und nahmen meine Anwesenheit in ihren Vorlesungen freundlich und nachsichtig zur Kenntnis. Ich fand überall offene Türen und konnte in vollen Zügen die geistige Atmosphäre einatmen« (HL, 82). Le Fort hörte in erster Linie theologische, philosophische und geschichtliche Vorlesungen; schon in ihrem ersten Semester hörte sie bei Prof. Peltzer ein Kolleg über die Geschichte des Heidelberger Schlosses, das später in ihrem Roman DER KRANZ DER ENGEL (1946) eine Rolle spielten sollte. Die Professoren, die sie aber am meisten beeinflußten, waren der Kulturhistoriker, Theologe und Philosoph Ernst Troeltsch, der Kirchenhistoriker Hans von Schubert, der Kunsthistoriker Carl Neumann und der Theologe Friedrich Niebergall. Vor allem gilt aber Ernst Troeltsch (1865–1923) als le Forts wichtigster Heidelberger Lehrer und verläßlichster Berater: »In seinem Kolleg über Glaubenslehre spiegelte sich deutlich das furchtbare Ringen um die christliche Wahrheit. Der Glaube an sie war schon damals weithin unterhöhlt, aber er wurde von Ernst Troeltsch doch immer wieder seiner letzten Substanz nach bejaht und gerettet. Mit aller Skepsis seiner Zeit ringend, war sein tiefstes Bekenntnis ein gläubiges, wenn auch dem orthodoxen gegenüber stark relativiert« (HL, 87). Oft begleitete Troeltsch die junge Studentin auf dem Heimweg vom Kolleg über die alte Neckarbrücke zu ihrer Wohnung; es waren Gespräche, in denen die beiden sich näherkamen. Als Troeltsch 1914 nach Berlin berufen wurde, folgte le Fort 1915 dem verehrten Lehrer dorthin, um an dessen Seminar über Religionsphilosophie teilzunehmen. Troeltsch, der in Berlin von der theologischen Fakultät zur philosophischen übergewechselt war, war ihr jetzt mehr als ein Mentor: Er war mit den Worten der Dichterin »mein bester Freund«. 1916 besuchte Troeltsch sie auch auf dem Boekschen Gut. Was er le Fort bedeutete, offenbart eine Stelle aus einem Brief an H.K. Groensmit: »(...) der Reichtum und der Ernst seines Geistes erschlossen mir die Welt des theologischen Denkens überhaupt, die Welt der christlichen Mystik und der christlichen Philosophie und Ethik – allerdings auch die Welt der religiösen Problematik.«

Daß Ernst Troeltsch eine der wichtigsten Begegnungen ihres Lebens war, bezeugt auch die Tatsache, daß le Fort anhand ihrer Kolleghefte seine GLAUBENSLEHRE 1925 posthum herausgab.
In Heidelberg lernte le Fort in Vorlesungen und anschließenden Diskussionen mit Professoren und Studenten bald die wissenschaftliche Sprache und Denkweise zu beherrschen. Auch andere Professoren bieten ihr in diesen Jahren Bleibendes: von Schuberts Vorlesungen über Kirchengeschichte und die Geschichte des Urchristentums – »in manchen Vorlesungen war ich die einzige weibliche Hörerin, was Professor von Schubert immer am Eingang der Vorlesungen mit der scherzhaften Anrede 'meine Herren und meine Dame' quittierte« –, Karl Buddes »Einleitung in das Alte Testament« sowie Romano Guardinis Vorlesung über Blaise Pascal waren besonders beeindruckend. Zu dieser Zeit erscheint auch ihr zweiter Gedichtband LIEDER UND LEGENDEN. GEDICHTE (1912). Anderen bedeutenden Menschen begegnete le Fort in Heidelberg, wie z.B. Stefan George, den sie oft in ihrem letzten Heidelberger Semester, 1914, im Kolleg seines geistreichen Schülers Friedrich Gundolf antraf: »(...) sein feines, etwas hochmütiges Profil war sehr einprägsam. Ein letztes Verhältnis zu George besaß ich nicht, darin einig mit vielen meiner Studienfreunde« (HL, 90). Es war die Zeit, in der die Verehrung Georges ganz zugunsten Rilkes zurücktrat, und später stellte le Fort allegorisch in der Gestalt Enzios in DAS SCHWEISSTUCH DER VERONIKA und DER KRANZ DER ENGEL die Grenzen und Gefahren der Georgeschen Persönlichkeit dar.
Um das Wintersemester in Marburg zu verbringen, einer ebenfalls idyllisch gelegenen Universitätsstadt mit etlichen berühmten Professoren, unterbrach Gertrud von le Fort das Studium in Heidelberg 1913–1914. Hier lernte die Studentin erneut bedeutende Menschen kennen: den Neukantianer Hermann Cohen und den später bekannten

Theologen Rudolf Bultmann, der damals noch ein junger Dozent war und seine Hörerin oft unter geistreichen Gesprächen nach Hause begleitete. In Marburg verkehrte die Dichterin auch viel mit Martin Rade, dem Mitbegründer der ökumenischen Bewegung, Gründer des »Evangelischen Bundes« und der Zeitschrift *Christliche Welt*, die er 1886–1931 herausgab und in der er viele Beiträge von le Fort veröffentlichte. Im Sommersemester 1914 war die Studentin bereits wieder in Heidelberg, wo sie eine Vorlesung des jungen Dozenten Karl Jaspers hörte: »(...) sie war Sören Kierkegaard gewidmet, und von ihrer Tiefe und Aufrichtigkeit angesprochen, beglückt es mich noch heute, den nachmals berühmten Denker, bei dessen Büchern ich immer wieder einkehre, wenigstens einmal im Leben persönlich gehört zu haben. Hier kam eine Wahrhaftigkeit zu Wort, die jeden Ausweg aus der bestürzenden Welt des großen Dänen ausschloß« (HL, 122).
Mit dem Ausbruch des Ersten Weltkrieges arbeiteten die beiden Schwestern le Fort einige Zeit lang als Rotkreuzhelferinnen in Ludwigslust bei den Lazarettzügen. Dem Krieg und der chauvinistischen Kriegsbegeisterung stand Gertrud von le Fort von Anfang an kritisch gegenüber: »Und dann kamen die ersten Verwundeten, denen wir Stärkungen und Arzneien bringen mußten. Nun hörte wenigstens für uns die taumelnde Siegesfreude auf, aber immer noch zweifelte niemand an dem triumphalen Ausgang des Krieges. Das deutsche Nationalgefühl feierte damals die seltsamsten Orgien. So erinnere ich mich noch, daß meiner Familie nahegelegt wurde, sie möchte doch ihren französischen Namen verdeutschen« (HL, 127). 1915 entschloß sich le Forts Mutter, dem Wunsch ihres Sohnes zu folgen und mit ihren Töchtern nach Boek, das durch den Tod der beiden Onkel an Stephan übergegangen war, zu ziehen. Diese Entscheidung erwies sich bald als überaus glücklich, denn der Erste Weltkrieg wurde nicht nur mit Waffen, sondern auch mit dem bitteren Hun-

ger des Volkes ausgefochten. Auf dem Familiengut lebten die le Forts ziemlich komfortabel und fern von allen Kriegsrealitäten. Im Wintersemester 1915/16 besuchte le Fort an der Berliner Universität das Kolleg des dort seit 1914 lehrenden Ernst Troeltsch über Religionsphilosophie. Marie Kaiser, die Gattin des Heidelberger Physiologen und Physikers Karl Kaiser, schrieb 1916 von Berlin in einem Brief an Marianne Weber: »Einen anderen schönen menschlichen Fund tat ich in dieser Zeit, den ich Troeltsch verdanke: eine Baronesse le Fort ist seinetwegen hier und wohnt in der Westendpension. Sie ist ein wundervoll feiner Mensch, stark religiös und mystisch, (...) ein wacher, klarer Geist, unabhängig und aufgeschlossen; eine glückliche Gabe, ihre Gedanken zu formen, gibt ihrer Sprache eine reiche Anmut«.[11]

Die letzten beiden Kapitel von le Forts HÄLFTE DES LEBENS beschreiben sowohl den nationalen als auch den häuslichen Zusammenbruch, nämlich das Ende des Krieges sowie den Tod der geliebten Mutter und den anschließenden Verlust des Familiengutes. Fast gleichzeitig mit den verzweifelten Nachrichten von der Front und aus Berlin, wo die Revolution tobte, starb die Mutter am 23. November 1918 an den Folgen der spanischen Grippe, die zu dieser Zeit fast überall in der Welt ihre Opfer fand: »Sehr still geleitete man den Sarg zum alten Erbbegräbnis, nicht wissend, daß zum letzten Male ein totes Glied der Familie le Fort hier zur Ruhe gebettet wurde.« Stephan, der als zurückkehrender Offizier gerade noch zum Begräbnis eintraf, war unfähig, mit dem Verlust des Kaiserglaubens zu leben. Auf Boek versammelte er eine »Privatarmee von Baltikum-Soldaten« um sich, an deren Spitze er zur Unterstützung des Kapp-Putsches im März 1920 nach Waren zog. Dort beschossen sie das Rathaus; es gab Tote und Verwundete, und Stephan mußte nach Bayern fliehen. Unterwegs sandte er Gertrud ein Telegramm mit der Bitte, das Gut in seiner Abwesenheit zu verwalten. In der

Zwischenzeit hatten aber Spartakisten das Gut übernommen: »Alles im Hause war in größter Unordnung, das Archiv herausgerissen und auf dem Boden verstreut, die Betten den Hunden hingeworfen (...) Jetzt erfuhr ich, wieviel schwerer es ist, Geschichte zu erleben, als sie zu studieren.« Nach einigen Monaten wurde das Gut von der Mecklenburgischen Regierung beschlagnahmt, und die Dichterin mußte selbst die Liquidationsgeschäfte abwikkeln. Ein letztes Mal ging sie durch das Haus und besuchte die Stätten, die sie liebte und welche die Erinnerungen der ersten Hälfte ihres Lebens mitgeprägt hatten. Sie weilte lange am Grab der Mutter und nahm Abschied von der langen Reihe der Ahnenbilder, welche den Eßsaal schmückten. Obgleich sie immer noch hoffte, ihr Bruder würde eines Tages zurückkehren dürfen, um das Gut wieder zu übernehmen, war le Fort von der ahnungsvollen Wehmut befangen, daß diese Stunde einen endgültigen Abschied bedeutete. Ihr Gefühl betrog sie nicht: Jahre später wurde mit dem Aufstieg des Dritten Reiches ihr Bruder zum zweiten Mal in die Opposition getrieben. Die Nazis, denen er sich widersetzt hatte, verordneten für das Gut Boek den Zwangsverkauf, das dadurch der Familie für immer verloren ging. Die Autobiographie schließt mit den Sätzen: »Ich fühlte die unendliche Wehmut des deutungslosen Geschehens. (...) Mit den schwermütigsten Ahnungen reiste ich ab.«

So nahm Gertrud von le Fort 1920 von ihrer alten Welt Abschied. Sie war im 44. Lebensjahr und hatte trotz ihrer langen Studienzeit keinen berufseröffnenden Abschluß erlangt; dafür hatte sie aber die Grundlagen für die geistige Welt gelegt, in der sich ihr dichterisches Werk entfalten sollte. Die erste Hälfte ihres Lebens war abgeschlossen, und Gertrud von le Fort war heimatlos geworden.

Rom, dichterischer Durchbruch und Konversion

Unbeirrt von der Trauer um den verlorenen Familienbesitz ging Gertrud von le Fort ihrer eigentlichen Bestimmung und dem Höhepunkt ihres Lebens entgegen. Die Jahre 1920 und 1921 verbrachte sie in Heidelberg als Gast im Hause Hans von Schuberts, des Kirchenhistorikers und Prorektors der Universität. 1922 konnten die Geschwister le Fort das Haus 'Konradshöhe' in Baierbrunn bei München erwerben. Das große, stille Fachwerkhaus im Isartal blieb dann – abgesehen von vielen Reisen und von einem längeren Aufenthalt in Rom – bis 1939 die Wohn- und Arbeitsstätte der Dichterin. Hier im katholischen Bayern entstanden le Forts HYMNEN AN DIE KIRCHE, deren Anfänge jedoch bis weit vor 1923 zurückgriffen.

»Im Angesicht Roms«, hat le Fort einmal geschrieben, »verschwindet das eigene Schicksal, aber nicht als Untergang, sondern Rom ist die große Heimat der Form und alles, was überhaupt die Fähigkeit hat, gestaltet zu werden, das wird auch hier zur unverlierbaren Gestalt«. Die erste Reise nach Italien unternahm le Fort im Jahre 1896; auf dieser Reise beeindruckte sie besonders Venedig, und dort spielte auch die zweite von der Dichterin veröffentlichte Erzählung DAS AUGE DER LIEBE. EINE ERZÄHLUNG AUS ALTER ZEIT (*Hildesheimer Allgemeine Zeitung* Nr. 230–34 vom 1.–5. Oktober 1901), sowie die viel später aus dem Nachlaß veröffentlichte Legende UNSERE LIEBE FRAU VOM KARNEVAL. 1907 weilte le Fort zum ersten Mal mehrere Monate in der »Ewigen Stadt«, und sie fand das Erlebnis zutiefst beeindruckend: »Rom bedeutete einen ungeheuren Eindruck, aber zunächst keinen beglückenden. Ich habe nie begriffen, wie Menschen es wagen können, sich für wenige Tage dieser überwältigenden Stadt auszuliefern. (...) Hier in Rom war es die zermalmende Größe des Weltgeschehens, das mich durch seine letzte Deutungslosigkeit niederwarf« (HL, 99f.). Le Fort fühlte in Rom die Last der Jahrhunderte und die Vergänglichkeit alles Irdischen, war aber gleichzeitig berauscht von dem Ewigen, das die Stadt zu besitzen schien. Dieses Ewige war für le Fort aber mehr als die stille Erhabenheit und große Tragik der geschichtlich bedeutsamen Trümmer und Ruinen der Stadt: es bezog sich vor allem auf ihre Begegnung mit der römischen Kirche im Erleben der Karwoche, eine Begegnung, welche die Dichterin Veronika in dem Roman DAS SCHWEISSTUCH DER VERONIKA schildern ließ und ein Erlebnis, welches der Mitfeiernden während der Trauermetten das Leiden Christi erschloß. Pascals Diktum »Jésus sera en agonie jusqu'a la fin du monde« wurde ihr so zu einer dauernden Überzeugung. Im zweiten Teil ihrer geplanten Autobiographie hat die Dichterin dieses Erlebnis so beschrieben: »Von ihm aus fand ich dann den Weg in die katholische Kirche – Es bedeutete keine Absage an die Frömmigkeit meiner teuren Mutter, auch keine Absage an das erschütternde Ringen meiner Heidelberger Lehrer, sondern eine Heimkehr getrennter Pfade zu dem gemeinsamen Ursprung – es war eine Konversion der Liebe und nicht die einer Abschwörung.«[12]

Der römischen Kirche näherte sich le Fort langsam und auf Umwegen, und daß die schließliche Entscheidung zur Konversion nicht einfach und nicht schnell zu treffen war, bezeugt das 1907 verfaßte Gedicht »Ave Roma«, dessen letzte zwei Strophen lauten:

Über den Pfad, den ich schreite
Über das Los, das mir fällt,
Hebe mich aufwärts, weite
Mich, Herz der Welt!

Heimat ward mir beschieden
Wie im Meere dem Strom:

Gib meiner Seele Frieden,
Heiliges Rom!

Das ist also der Kampf, der sich in le Forts HYMNEN AN DIE KIRCHE (1924) spiegelt: Das Ringen subjektiver Frömmigkeit mit objektiver Wahrheit. Als die HYMNEN entstanden, war der Erste Weltkrieg bereits vorüber, Schmach und Trauer überdunkelten das Vaterland, und die Dichterin gewann die Überzeugung, daß nur die katholische Kirche in dieser allgemeinen Verwirrung und Verstörung unerschüttert wie ehedem standhielt. So wuchs in ihr jenes Bild der Kirche empor, in dem sie mit wachsender Betroffenheit, ja fast mit wachsendem Schrecken die Erfüllung ihrer schon in den Kindheitsjahren entstandenen Herzenssehnsucht erkennen sollte. Die an die Psalmen erinnernden HYMNEN sind das Gespräch einer Seele mit Gott, der durch seine Kirche antwortet; beschrieben hat le Fort diese Verse 1934 in einem Vortrag: »Ich möchte (...) meine Dichtung von dem Wunsche aus verstanden sehen, aus den individuellen Schranken herauszuspringen. In diesem Wunsche überschneiden sich bei mir die dichterische und die persönliche Entwicklung. Mein überpersönlichstes Buch ist darum zugleich mein persönlichstes: das Hymnenbuch an die Kirche. Dieses Werk, meine erste wirkliche Dichtung, war ursprünglich nur für mich selbst geschrieben: meine eigene Auseinandersetzung mit dem Überpersönlichen. Es ist das, wofür es sich gibt: das Gespräch einer Seele mit der Kirche.«
Le Fort übertreibt keineswegs in dieser Aussage, denn die Veröffentlichung der HYMNEN AN DIE KIRCHE, die ihren dichterischen Durchbruch bezeugten, kamen ohne ihr Zutun zustande. Ein Bekannter von ihr, dem sie die Verse gezeigt hatte, war von ihnen so angetan, daß er sie Dietrich von Hildebrand gab, der sie sofort einem ihm nahestehenden Verlag zur Veröffentlichung weiterreichte. Als le Fort dann die Meinung des sehr kritischen, äußerst

urteilsstrengen französischen Dichters Paul Claudel hörte (»Diese Dichtung wird bleiben! Sie ist von einer mystischen Erfülltheit, wie keine zweite in den letzten Jahrhunderten«), wurde sie überzeugt, sich ihrer Berufung als Dichterin hinzugeben: »Als das Buch dann sogar den Beifall Paul Claudels fand, den ich als den größten Dichter unserer Zeit verehrte, erkannte ich in meiner Dichtung einen Auftrag« (WG, 76). So erschienen die sakralen, auf dem mystischen Erlebnishintergrund 1924 verfaßten HYMNEN mit fast eruptiver Gewalt in der damaligen literarisch, künstlerisch und religiös interessierten Welt. Der Einsatz dieser 'neuen' Dichterstimme war durchaus überraschend, Stimme und Ton waren vollkommen originell, und so wurde das Werk bald auch in mehrere Sprachen übertragen.

Die HYMNEN AN DIE KIRCHE bestehen aus mehreren Teilen: nach einem Prolog finden sich u.a. »Heimweg zur Kirche«, »Heiligkeit der Kirche«, »das Beten der Kirche«, »das Ja der Kirche« und »die letzten Dinge«. In diesen mystischen Gesängen spielen Psychologie und Soziologie, Pastoraltheologie und Politik keine Rolle; besungen werden vielmehr eine grundlegende Spiritualität, das MAGNUM MYSTERIUM, und Gottes irdische Wohnung auf äußerst persönliche Weise. Die erste Hymne beginnt mit der bildsuchenden Sprache eines gottsuchenden Ich, die dieses Werk charakterisiert:

> Ich bin ein Reis aus entwurzeltem Stamm, aber dein
> Schatten liegt auf meinen Wipfeln wie Hochwald-
> schatten.
>
> Ich bin eine Schwalbe, die im Herbste nicht heim-
> fand,
> aber Deine Stimme ist wie das Rauschen von Flü-
> geln.
> Dein Name tönt mich an wie der Name eines
> Sternes.

An allen Ufern meiner Augen ist kein Bild, das dir gleichkäme:

Du bist wie eine blühende Säule unter lauter totem Schutt!
Du bist wie ein edler Pokal unter eitlen Scherben!

Könige müssen vor dir verwelken und Heerschaaren erblassen
Denn ihr aller Brüder ist der Wind, aber deine Brüder sind Felsen.

Später verschmilzt in den HYMNEN die Identität dieses Ich mit der Identität der Kirche, und die Seele der Einzelperson wird der überpersönlichen Kirche hingegeben. Ich-Person ist also jetzt die Kirche selbst, die als »Mutter aller Kinder dieser Erde«, als Vollenderin der Natur- und Vernunftreligion wie der mosaischen Offenbarungsreligion gepriesen wird. Am Schluß wird der Universalismus der Kirche psalmenartig verkündet:

Siehe, in mir knien Völker, die lange dahin sind,
und aus meiner Seele leuchten nach dem Ew'gen viele Heiden!

Ich war heimlich in den Tempeln ihrer Götter,
ich war dunkel in den Sprüchen aller ihrer Weisen.

Ich war auf den Türmen ihrer Sternsucher,
ich war bei den einsamen Frauen, auf die der Geist fiel.

Ich war die Sehnsucht aller Zeiten, ich war das Licht aller Zeiten,
ich bin die Fülle der Zeiten.

Ich bin ihr großes Zusammen, ich bin ihr ewiges Einig.

Ich bin die Straße aller ihrer Straßen:
auf mir ziehen die Jahrtausende zu Gott!

Daß die Verfasserin eines solchen Lobgesangs zum katholischen Glauben übertreten würde, ist keineswegs überraschend und die HYMNEN AN DIE KIRCHE stehen offenkundig im Zusammenhang mit ihrer 1926 vollzogenen Konversion zum Katholizismus. Diesen Übertritt hat le Fort aus ihrer ganzen Anlage, Erziehung und aus ihren persönlichen Erlebnissen erklärt.

Ein solches Erlebnis war die bald nach Kriegsende erfolgte Begegnung mit der von Carl Muth herausgegebenen Zeitschrift *Hochland*. Le Fort wollte eine Zugreise antreten und hatte sich am Bahnhof die ihr unbekannte Zeitschrift gekauft, weil deren Titel ihr Interesse geweckt hatte. Die geistliche Begegnung schilderte sie in ihren AUFZEICHNUNGEN UND ERINNERUNGEN: »Ich befand mich da im geistigen Raum einer katholischen Zeitschrift, aber gleichzeitig doch in meiner eigensten Heimat (...) weil die ganze Haltung dieser Zeitschrift meine teuersten Besitztümer, das Erbe meines frommen, protestantischen Elternhauses, gleichsam mit einzuschließen schien. Ja gerade dieser Eindruck des Einschließenden – ich entsinne mich dessen genau – war das eigentliche Wesen dieser unvergeßlichen Begegnung! Ich erlebte damals zum ersten Mal mit vollem Bewußtsein, daß es trotz aller schmerzlichen Spannungen und Spaltungen innerhalb des Christentums den gemeinsamen Besitz einer christlichen Kultur gibt, ich erlebte die geistige Haltung einer katholischen Zeitschrift als universale, christliche Geistes- und Liebeshaltung, ich erlebte die umfangende, die mütterliche Gebärde des Katholischen – ich erlebte also damals das Wesen des wahrhaft Katholischen überhaupt« (AE, 87f.).

In Baierbrunn nahm le Fort Konvertitenunterricht, doch ein befremdlicher Vorfall sorgte dafür, daß sie von jedem schwärmerischen Überschwang verschont blieb und gleich

auf das Wesentliche dieser Kirche gestoßen wurde: Der Priester, durch den sie den Konvertitenunterricht erhielt, verließ zur gleichen Zeit die Kirche, der sie begeistert entgegeneilte. Weil ihr Konversionswille aber durchaus keine Stimmungssache war, sondern ihrer tiefen Überzeugung entsprach, konnte ihre Entscheidung nicht mehr erschüttert werden. Auf Anraten des Jesuiten Erich Przywara setzte sie ihre Studien in Rom fort. Dort, in der Kirche Santa Maria del Anima, der deutschen Stationskirche in Rom, wurde Gertrud von le Fort im März 1926, kurz vor ihrem fünfzigsten Geburtstag, in die katholische Kirche aufgenommen.
Dieser Schritt hatte eigentlich immer in der Richtung ihrer Neigungen gelegen, und er bedeutete für die Dichterin keinen Bruch mit der evangelischen Vergangenheit ihres Elternhauses. Ihre Konversion verstand le Fort vielmehr als einen Weg, »dem meine von Jugend auf der Einheit der Kirche zugewandte Innerlichkeit zustrebte« (HL, 84), und zu dieser Entscheidung bemerkte sie in ihren autobiographischen Notizen: »Der Konvertit ist ja nicht, wie mißverstehende Deutung zuweilen meint, ein Mensch, welcher die schmerzliche konfessionelle Trennung ausdrücklich betont, sondern im Gegenteil einer, der sie überwunden hat: sein eigentliches Erlebnis ist nicht das eines anderen Glaubens, der ihn überflutet. Es ist das Erlebnis des Kindes, welches innewird, daß sein eigenstes religiöses Besitztum – das zentral-christliche Glaubensgut des Protestantismus –, wie es aus dem Schoße der Mutterkirche stammt, auch im Schoße der Mutterkirche erhalten und geborgen bleibt« (AE, 89).
Gertrud von le Fort war im Leben wie im Werk dem Ökumenismus im Sinne von Papst Johannes XXIII. verschrieben. Das gesamte Werk der Dichterin veranschaulicht beispielhaft die Überzeugung, daß Gottes Gnade souverän über einzelne verfügt wie über Konfessionen, und im Großteil ihrer Werke wird die Begegnung des Chri-

sten mit dem Judentum, den Christen anderer Glaubensgemeinschaften und den Atheisten ausdrücklich thematisch vorgeführt und erörtert. Es war nicht zuletzt diese ökumenische Auffassung des Christentums, die nach der Veröffentlichung des zweibändigen Erstlingsromans DAS SCHWEISSTUCH DER VERONIKA zu Auseinandersetzungen mit dem traditionellen Katholizismus führte; eine Rechtfertigung ihrer Auffassungen kam später, nämlich am 12. Juni 1956 mit der Verleihung des Ehrendoktortitels durch die katholisch-theologische Fakultät der Universität München. Der kultur- und kirchengeschichtliche Boden, auf dem die Dichtung le Forts sich bewegt, kennt keine konfessionellen Grenzen: Das bezeugt auch die Tatsache, daß die Dichterin in ihrer letztwilligen Verfügung der evangelisch-theologischen Fakultät der Universität Heidelberg sowie der katholisch-theologischen Fakultät der Universität München einen Teil ihrer Einkünfte aus ihrem literarischen Werk vermachte.
In einem am 19. Dezember 1940 verfaßten und an Erika Dinkler von Schubert geschriebenen Brief meinte le Fort: »Auch das Entweder-Oder ist ja eine Art Dämonie. Gewiß, es gibt Zeiten, wo es einfach ein Stadium ist, aber es muß überwunden werden, denn Gott hat uns in der Geschichte tausendmal gezeigt, daß nichts anderes dabei herauskommt als die furchtbare Entstellung des Religiösen. Sich gegenseitig in Liebe ergänzen, nichts erzwingen, das ist das einzig Mögliche, das Gemeinsame in der Trennung«. So wurden die Werke le Forts für eine große überkonfessionelle christliche Lesergemeinde zu Trost und Hilfe in den Jahren des Nationalsozialismus und in den Jahren nach seinem Zusammenbruch, denn die Leser fühlten mit Recht, daß hier eine Autorin nicht die Kunst zur Dienerin konfessionellen Glaubens machte, sondern umgekehrt das Ringen des Menschen um letzte Geheimnisse und letzte Entscheidungen zum Thema ihre Dichtung wählte.

Die Bereiche des Glaubens und der Religion sowie der Geschichte bildeten lebenslang für le Fort die Sphären, in denen sich ihre dichterische Kraft eigenständig bewährt hat. In beiden Bereichen spürt man den Zusammenhang, die Gemeinsamkeit des Dichterischen mit dem Christlichen: »Ich bin der Überzeugung, daß im Dichterischen selbst ein christliches Element steckt, ähnlich dem, das die Theologen von der anima christiana naturaliter behaupten. Denn wirklich große Dichtung bemüht sich selten um erfolgreiche, vom Glück begünstigte Gestalten, sie hat eine unwiderstehliche Neigung, sich der Unglücklichen und Verirrten anzunehmen, ja sogar der Gescheiterten und Schuldig-Gewordenen. Kein großer dramatischer Held, der nicht ein Schuldiger wäre! Das Wohlgeratene, das Geglückte und heil Gebliebene reicht dem Dichter nur geringe Möglichkeiten dar – es sind die tragischen Gestalten im Einzel- und im Völkerleben, welche die großen Gesänge rufen. Dies aber bedeutet doch nichts anderes, als daß im Reich der Dichtung eine Umwertung stattfindet; sie liegt auf derselben Linie wie die des Christentums«[13]. Diese Überzeugung sollte sich sogleich in ihrem ersten, heute noch als ihre bedeutendste Romanschöpfung geltenden Werk zeigen.

Die Prosa während der Nazijahre

In den im Marbacher Archiv befindlichen Aufzeichnungen zu ihren ERINNERUNGEN II. TEIL findet sich ein handschriftlicher, zweiseitiger Umriß oder »Plan des II. Teils«, in dem le Fort in Stichworten einige Erlebnisse aus dieser Zeit hervorhebt. Erwähnt und kurz geschildert werden: die »letzte Begegnung mit Troeltsch«; »Rom, Konversion, Heimkehr und Roman der Veronika«; »HYMNEN AN DEUTSCHLAND – vergebliche Vision«; »Inflation, Amnestie meines Bruders, sein Kampf gegen den Nationalsozialismus«; »PAPST AUS DEM GHETTO und DIE MAGDEBURGISCHE HOCHZEIT«; »Begegnung mit Edith Stein«; und zum Schluß »Das III. Reich; II. Weltkrieg und Oberstdorf«. In dieser kurzen Skizze wird also auf weitere dichterische Vorhaben und auf das Leid und die Not dieser Jahre hingewiesen.

Die zwanziger Jahre waren für le Fort schwer, aber trotz allem Schweren und aller Angst in der Zeit nach den Friedensverhandlungen und während der Inflation wollte sie Deutschland nicht verlassen. Die Einladung ihrer Genfer Verwandten, in die Schweiz zu übersiedeln, lehnte sie ab. Dieser Zeit entstammt das in vielen Anthologien veröffentlichte Gedicht »Deutsches Leid« als Antwort auf diese Einladung:

Schiffer, zieh fort die Brücke,
Du lockst mich nimmermehr an Bord:
Ich weiß von keinem Glücke,
Ich weiß von keinem Zufluchtsort!

Und mögen drauß' sich weiten
Noch Länder froh und gastbereit

Und ihre Arme breiten
Wie fremder Mütter Lindigkeit:

Ich würde doch entbehren
Bei ihres reichen Tisches Brot,
Ich würde mich verzehren
Nach meines Volkes bittrer Not!

Mir bräche doch in Scherben
Des vollen Bechers Prunkgerät:
Ich müßte dennoch, dennoch sterben,
Wenn Deutschland untergeht![14]

Daß le Fort ihre internationale Gesinnung mit einem echten, d.h. antichauvinistischen Patriotismus verband, konnten sogar die Nazis später kaum leugnen.

Die angedeutete »letzte Begegnung mit Troeltsch« fand 1922 in Berlin statt. Als le Fort den verehrten Mentor zur U-Bahn begleitete, unterhielten sich die beiden über die Ermordung Rathenaus. Troeltsch selbst hatte das politische Klima stark bedrückt; es war das letzte Mal, daß le Fort ihn sehen sollte. Als sie die Nachricht von seinem Tode im nächsten Jahr erreichte, war sie zutiefst erschüttert. In ihren Aufzeichnungen schreibt sie: »Die erste Zeit in Baierbrunn wurde für mich tief überschattet durch den plötzlichen Tod von Ernst Troeltsch. Hand in Hand mit dem Schmerz ging eine gewisse Ratlosigkeit meines inneren Menschen. Der schwere und demütigende Friede von Versailles lastete bitterer auf dem deutschen Volk als die Niederlage selbst, zumal sie mit fast untragbaren wirtschaftlichen Mißständen verbunden war«. Angeregt von Hans von Schubert beschloß sie aber, an der GLAUBENSLEHRE von Troeltsch weiterzuarbeiten. Die in den Vorlesungen aus den Jahren 1911 und 1912 stichwortartig und in halben Sätzen mitgeschriebenen Notizen hatte sie schon einige Zeit zuvor sorgfältig ins reine geschrieben und ergänzt. Die erste Abschrift hatte sie noch Ernst Troeltsch

selbst vorlegen können. Für die Herausgabe der GLAUBENSLEHRE überarbeitete le Fort alle ihre Hefte noch einmal, und das Werk erschien, versehen mit einem Vorwort von der Gattin des Freundes, 1925.
Nach dem Aufenthalt in Rom und nach ihrer dortigen Konversion kehrte le Fort 1926 nach Baierbrunn zurück, wo sie an etlichen literarischen Projekten arbeitete. Die Dichterin war praktisch über Nacht mit der Veröffentlichung ihrer HYMNEN berühmt geworden und konnte sich jetzt völlig ihrer Berufung hingeben. Zunächst befaßte sie sich intensiv mit der französischen Geschichte, da sie für die bereits entworfene Gestalt der 'Blanche' in DIE LETZTE AM SCHAFOTT einen historischen Hintergrund suchte. Diese Studien erlaubten ihr auch, den 1927 erschienenen und aus Geldmangel gleichsam nebenbei geschriebenen kleinen historischen Kriminalroman DER KURIER DER KÖNIGIN zu verfassen. Der in dem Frankreich des Königs Ludwig XIII. spielende Roman erschien unter dem Pseudonym Petrea Vallerin zuerst in der Zeitschrift *Deutscher Hausschatz* und danach in einer Unterhaltungsreihe. Vor allem aber arbeitete sie an den epischen Werken, die bereits vor der Machtergreifung Hitlers ihren Ruhm festigen sollten: DAS SCHWEISSTUCH DER VERONIKA (1928), DER PAPST AUS DEM GHETTO (1930), und DIE LETZTE AM SCHAFOTT (1931).
Gertrud von le Fort erzählt in ihren Romanen vom Glauben, wobei im Mittelpunkt ihres dichterischen Gestaltens die christliche Frau steht. Ganz überwiegend sind die Geschichten durch weibliche Gestalten getragen und von ihnen aus als dem Mittelpunkt aufgebaut. So mannigfaltig diese zentralen Gestalten sind, liegt dennoch das Hauptgewicht auf ihrem religiösen Erlebnis.
Schon in ihrem ersten großen Romanerfolg, – dem Doppelroman DAS SCHWEISSTUCH DER VERONIKA – behandelt sie dieses Thema in der Figur der Veronika. Der Titel knüpft symbolisch an die Legende von der heiligen Vero-

nika an: Der Gott dargereichten Seele prägt sich das Antlitz Christi unauslöschlich ein. Beide engverbundenen Romane sind als Lebensbericht Veronikas in Ich-Form geschrieben und sind durch keine Kapiteleinteilung unterbrochen. Durch die hervorragend ausgeformte Gestalt ihrer Hauptperson erzählt le Fort die Geschichte ihres eigenen Glaubens und ihrer Konversion: »Das Buch ist scheinbar psychologisch eingestellt und auch oft so beurteilt worden, in Wirklichkeit stellt es meinen Kampf mit der psychologischen Einstellung dar. Denn es geht um die Hingebung an Gott, eine Hingebung, die dem Absoluten gegenüber natürlich nur eine absolute sein kann.«

Der erste Teil des Werkes erschien 1928 unter dem Titel DER RÖMISCHE BRUNNEN und erregte sofort Aufsehen: In diesem Bildungsroman geht es nicht um die Gestaltung und den Werdegang eines Menschen, der in der Wirklichkeit dieser Welt zur Ausreifung und Weltgerechtigkeit gelangt, sondern es handelt sich um eine Heldin, die von ihrem Weg zu Gott erzählt. Dieser erste Teil des Doppelromans spielt vor dem Ersten Weltkrieg in Rom, der zweite Teil, – DER KRANZ DER ENGEL – nach dem Krieg in Heidelberg (die Fortsetzung bezieht ihre Überschrift von einem Ornament am Schloß von Heidelberg).

Die Handlung des ersten Teils läßt sich wie folgt skizzieren: Die fünfzehnjährige Veronika verliert früh ihre Mutter. Da ihr Vater ungläubig ist, hat die Mutter verfügt, daß die Tochter bei ihrer Schwester Edelgart in Rom aufwachsen soll. Hier gerät Veronika in das Konfliktverhältnis zwischen dem heidnischen und dem christlichen Rom, das heißt zwischen ihrer Großmutter und ihrer Tante, denn im Schatten des Janushauptes der Ewigen Stadt leben die Menschen dieses Romans. Beide Frauen verkörpern gegensätzliche Geistesbereiche: Die über alles geliebte Großmutter vertritt konsequent bis zu ihrem Tod die stoische Haltung des heidnischen Rom und eine heitere antikische Diesseitigkeit. Ihre Tochter Edelgart ist Christin, ringt aber mit religiösen Problemen und ist zutiefst in sich gespalten, denn das endgültige Ja zum Christentum kann sie nicht sagen. Der heidnischen Großmutter steht auch die französische Kammerfrau Jeanette gegenüber als Vertreterin christlicher Werktätigkeit und selbstlosen Christentums.

Veronika selbst wird wegen ihrer Sensibilität und Beseeltheit, die an Hellsichtigkeit grenzt, »Spiegelchen« genannt. Ihr Einfühlungsvermögen grenzt an Selbstverzicht, denn es war, als ob sie »sich immer nur in etwas finden könnte, was außerhalb ihres eigenen Wesens liegt; es ist fast, als wäre sie in sich selbst niemand«. Doch es erweist sich, daß dieses Offenstehen nicht in Schwäche begründet ist, sondern in positiver Liebeskraft und ungewöhnlicher Hingabefähigkeit. Das ist es, was sie zu visionären und mystisch religiösen Erlebnissen führt.

Im Hause wohnt auch ein zwanzigjähriger deutscher Dichter namens Enzio, den die Großmutter fördert, weil sie einst seinen Vater leidenschaftlich aber entsagungsvoll liebte; diese Gefühle überträgt sie auf den Sohn. Enzio lebt ganz im Banne der modernen Ideen und der Geistigkeit Nietzsches. Er hat sich mit dem Rom der antiken Klassik und des mittelalterlichen Christentums auseinandergesetzt, voll Ressentiment vor allem gegenüber letzterem, weil es ihm das Herz der Veronika zu entfremden droht. Die keimende und sich problematisch steigernde Liebe zwischen Veronika und Enzio bildet auf diesem Hintergrund den eigentlichen Kern des Romans. Enzios Eifersucht auf Veronikas Religiosität sowie seine nihilistische Einstellung führen dazu, daß er sein Dichtertum preisgibt und sich als fanatischer Nationalist dem Glauben an die nackte Macht verschreibt. Die Nachricht vom unerwarteten Tod des Vaters läßt Veronika Trost bei der Kirche suchen und verstärkt ihre Absicht, in ein Kloster einzutreten, wofür sie jedoch zu jung ist. Der Vater hatte in Heidelberg einen Vormund für sie bestellt und ihr in

Glaubenssachen freie Entscheidung gewährt. Am Schluß des Romans fügt sich Veronika seinen Anordnungen und dem Rat des sanften Pater Angelo: »Tragen Sie das Anlitz, das in Ihrer Seele brennt, hinaus in die Welt, zeigen Sie ihr als eine Tochter der Ewigen Stadt das Antlitz Ihres Königs.« Veronika kehrt nach Heidelberg zurück.

Im zweiten Teil des großen Romans: DER KRANZ DER ENGEL (1946), befindet sich Veronika in Heidelberg im Hause ihres Vormundes, von dessen Frau sie mit einer gewissen Eifersucht betrachtet wird. Dieser Vormund ist Universitätsprofessor und ein vornehmer Repräsentant der liberalen, aber traditionsgebundenen Geistigkeit des späten 19. Jahrhunderts. Der Professor, in dem man wohl den verehrten Lehrer Ernst Troeltsch porträtiert sehen könnte, ist ein Kulturphilosoph, der sich den seelischen Werten des Christentums verpflichtet fühlt, der Erkenntnis seiner Säkularisierung jedoch wehrlos gegenübersteht. Auch Enzio, der nach schwerer Verwundung aus dem Ersten Weltkrieg zurückgekehrt ist, befindet sich mit »Spiegelchen« in Heidelberg, wo beide an der Universität studieren. Ihre problematische Gegensätzlichkeit hat sich jedoch weiter vertieft: Veronika ist gläubige Christin geblieben, während Enzio im Kriege jedes religiöse Empfinden verloren hat. Außerdem trauert er dem Reich nach und ist nicht fähig, mit dem verlorenen Krieg fertig zu werden. Veronika ist für ihn DIE deutsche Frau, der er seine Liebe gesteht und die diese erwidert. Doch für Enzio gibt es kein Sakrament, keine kirchliche Ehe, und die Hochzeit wird verschoben. Veronika sieht nun in der Liebe das einzige Mittel, den Geliebten mit Gott zu verbinden, selbst wenn sie ihr Seelenheil aufs Spiel setzen müßte. Schließlich gelingt es Enzio, sie zum Verzicht zu bewegen. Dieser Sieg vernichtet Veronika, die ihre innere Zerrissenheit nicht länger ertragen kann. Enzios Erschütterung durch ihren bis an den Rand des Todes führenden seelisch-körperlichen Zusammenbruch treibt ihn dazu, ei-

nen Priester an ihr Bett zu holen; er ist jetzt bereit, falls sie überleben sollte, in alles einzuwilligen, was die Kirche von ihm fordert, um die Ehe mit Veronika zu schließen. Als Veronika nach schwerer Bewußtlosigkeit zu sich kommt, sieht sie den Priester vor sich stehen und schlingt die Arme um den Hals des Verlobten: »Und nun tauchte wirklich unser ganzes Sein und Wesen ohne Vorbehalt und ohne Täuschung ineinander (...) auf immerdar gab es nur noch ein Leben für ihn und für mich.« So endet die Geschichte von Veronika und Enzio auf glückliche, aber in bezug auf die Lösung der Konflikte zu plötzliche und nicht recht überzeugende Weise.
Die beiden Schauplätze des Doppelromans, Rom und Heidelberg, bedeuten mehr als ein Rahmen für die wenigen Gestalten der Geschichte; sie sind auch repräsentativ für den Gegensatz zwischen Italien und Deutschland, Süden und Norden, römischer Klassizität und deutscher Romantik, Ewiger Stadt und Gegenwart. Beide Städte werden dabei fast nur symbolhaft hervorgehoben und ihre Bevölkerung ist gar nicht ins Geschehen mitverwoben. In Rom werden fast ausschließlich Deutsche vorgeführt. Diese Gegenüberstellung und eine derart symbolische Wertung ist schon am Anfang des ersten Bandes spürbar: »Das Lied meiner Jugend war das Lied eines kleinen römischen Brunnens, der seinen zarten Strahl in das vergreiste Marmorbecken eines antiken Sarkophages ergoß, an dessen Rand man mich als Kind aus dem fernen Deutschland verpflanzt hatte.« Der erste Roman ist denkbar ohne den zweiten, der zweite jedoch kaum ohne den ersten. Äußerlich werden die Romane fast nur durch die Gestalten Veronikas und Enzios zusammengehalten. Es scheint, daß die Fortsetzung des ersten Bandes von Anfang an vorgesehen war, obwohl fast zwei Jahrzehnte die Erscheinungsdaten (1928 und 1946) der beiden Teile trennen.
Es erhob sich nach dem Erscheinen von KRANZ DER ENGEL eine rege theologische Debatte über das Werk. Kon-

servative, meist katholische Kritiker vertraten die Position, daß le Fort die im Romangeschehen scheinbar heraufbeschworene Frage, ob Gott oder ein Mensch die größere Liebe fordern könne, zugunsten des letzteren beantwortet habe. Diese Leser meinten, Veronika sei eine Sünderin und kein Vorbild, da sie eher bereit sei, mit Enzio verdammt zu werden, als ohne ihn Gottes Gebote zu erfüllen: Sie hatte sich ja entschlossen, sich mit Enzio um seiner Seele willen auch ohne das Sakrament der Kirche zu verbinden. Gertrud von le Fort wurde sogar vorgeworfen, »geistliche Sensation«[15] machen zu wollen. Andere – unter ihnen katholische Theologen – haben le Fort aber verteidigt und haben die Geschichte, die vermeintliche 'Schuld' Veronikas und die Absichten le Forts anders gedeutet: Sie erkannten Veronikas Grundanliegen und ihre Haltung durchaus als religiös motiviert; aus innerster Überzeugung von der Gnade Gottes und besorgt um das Seelenheil ihres Geliebten entschließt sie sich, ein Werkzeug Gottes zu werden. Veronika selbst verstand das nicht als Trennung von Gott; sie folgte eher einem direkten Ruf Gottes und damit ihrem Gewissen. Eine solche Entscheidung ist für Veronika durchaus verständlich, denn für sie, wie für alle Frauenheldinnen le Forts, steht die Liebe über dem Buchstaben des Gesetzes. Die zu jedem Opfer bereite Veronika hat also für diese Leser – wie auch für Gertrud von le Fort – das Antlitz Christi, dargestellt im Schweißtuch ihrer Liebe und ihres Leidens.

Bald nach dem Romroman erschien 1930 le Forts nächstes episches Werk, DER PAPST AUS DEM GHETTO. Auch in diesem Roman ist Rom der Handlungsort, allerdings nicht das Rom des 20. Jahrhunderts, sondern das der machtpolitischen Kämpfe im mittelalterlichen 12. Jahrhundert. Die Anregung zu diesem Werk ergab sich weniger aus den historischen Studien le Forts, als angesichts des ersten erschütternden Eindrucks der durch die Nationalsozialisten 1929 in München geschaffenen Zustände.

Le Fort beschreibt das in ihren autobiographischen Notizen: Sie war auf dem Weg zur Münchener Bibliothek, wo sie an Studien über die Katastrophe von Magdeburg arbeitete. Dort erregte ein Plakat der Nazis mit der Aufschrift »Juda verrecke« ihr Aufsehen. Die Dichterin glaubte ihren Augen nicht trauen zu können, denn »so was sagt man keinem Hund, geschweige denn zu einem Menschen«. Der Haß, von dem diese Worte zeugten, war ihr unbegreiflich, denn viele ihrer jüdischen Bekannten (etwa Professor Cohen in Marburg, oder der berühmte Rembrandtforscher Karl Neumann in Heidelberg) genossen ihre Sympathie und Hochachtung. Als le Fort diese Haßworte las, faßte sie den Entschluß: »(...) diesem Hitler würde ich nie Gefolgschaft leisten können. Ja, es erhob sich damals in mir der leidenschaftliche Wunsch, den Juden ein gutes Wort zu sagen – in diesem Augenblick entstand bei mir der Wunsch, das Buch Der Papst aus dem Ghetto zu schreiben.«
Kaum jemand konnte damals ahnen, daß dieser historische Roman noch Jahre nach der ersten Veröffentlichung seine Aktualität beweisen würde. Der scheinbar in die Vergangenheit gerichtete Blick des Werkes erschaute in der Tat Zukünftiges, denn die in diesem Roman vergegenwärtigten Judenverfolgungen des 12. Jahrhunderts wiederholten sich wenige Jahre später. Hans von Soden schrieb der Dichterin: »Als Sie die Legende der Pierleoni schrieben, (...) konnten Sie noch nicht wissen, wie unmittelbar und dringend die Frage Judentum und Christentum für unsere Gedanken und Gewissen in unserer eigenen Zeit werden würde. Ich dagegen konnte nicht umhin, Ihr Buch vor diesem neuen geistigen Hintergrund zu lesen. Ich erfuhr dabei, daß es zu jenen seltenen Büchern gehört, die so aus der Wahrheit sind, daß sie zu einer anderen Zeit reden, als ob sie für sie geschrieben wären. Das ist ja wohl der eigentliche Sinn 'prophetischer' Dichtung, daß sie nicht voraussagt, was künftig geschieht, sondern

dafür eine echte Weisheit bereitstellt, die einer eintretenden Zukunft die Möglichkeit eröffnet, sich selbst zu erkennen« (Brief aus Marburg, 22. Dezember 1946).

Der Papst aus dem Ghetto, dessen Untertitel »Die Legende des Geschlechtes Pier Leone« lautet, behandelt Ereignisse aus dem frühen 12. Jahrhundert. Le Fort vergegenwärtigt das Rom tumulthafter Papstwahlen und Kaiserkrönungen zu den Zeiten des Kaisers Heinrich V. und Lothars von Supplinburg. Dieser Roman ist im Stile alter Chroniken geschrieben, ein dem Thema gemäßer und passender Stil, der sich die Abwechslung mannigfacher Vorlagen und Berichterstatter zunutze macht. Auf lapidare Weise erklingen bereits in den Anfangszeilen des Werkes Thema und Stil: »Es wird berichtet: Chanoch ben Esra lebte in den Jahren der vielen großen Erdbeben. Damals kamen in Roma mehrere Juden gewaltsam zu Tode, weil man glaubte, sie hätten durch ihre Zauberkünste die Mächte der Unterwelt beschworen, um die Stadt zu verderben, durch die einst Jerusalem bezwungen wurde.« Die Chronik erzählt weiter, daß reiche jüdische Geschlechter die Päpste mit ihrem Geld unterstützten; das Gleiche tut Baruch Leone, der schließlich die Taufe begehrt, die ihm gewährt wird. Nach der Taufe nennt er sich Petrus Leone, aber am Tage seines Übertritts verläßt ihn seine Frau Mirjam und kehrt zu ihrem Vater zurück. Bald darauf bringt Mirjam Zwillingskinder zur Welt: einen Sohn, den ihr die Häscher ihres Mannes entreißen und sofort taufen lassen, und eine Tochter namens Trophäa, die blind geboren wird und bei der Mutter bleibt.

Der begabte Sohn wird für die geistliche Laufbahn bestimmt und wird schließlich zum Kardinal ernannt. Das Geschlecht der Pier Leone wird das reichste und mächtigste der Stadt, wodurch es die Eifersucht des alten Rittergeschlechtes der Frangipani, das sich in die Streitigkeiten um den Papst einmischt, erregt. Kurz vor seinem Tod bekennt sich Petrus Leone wieder zum Judentum und will seine Frau nochmals sehen. Die Anwesenden sind entsetzt, aber auch sein Sohn, der Kardinal, erkennt in seinem Innern, daß er im Grunde Jude geblieben ist. Er unterdrückt aber diese Skrupel und als der greise Papst Honorius stirbt, wird er von den auswärtigen Kardinälen zum Papst gewählt. Anaklet, wie er sich nennt, genießt die Begeisterung und Unterstützung des Volkes, aber nicht die der römischen Kurie, die ihre Stimme dem Nebenbuhler Innozenz II. gibt. Auf diese Weise gerät die Kirche in das große Schisma von 1130, in dem Papst und Gegenpapst sich mit geistlicher und weltlicher Macht bekämpfen. Anaklet, der von jung auf entschlossen war, die Ungerechtigkeit der Erde auszutilgen, zerreißt jetzt das Reich Christi. Schließlich scheitern seine Pläne und Hoffnungen; er muß um sein Leben fürchten und flieht aus Rom.

Durch die kritische Darstellung der Machtverhältnisse im mittelalterlichen Rom und den erstaunlich modernen ökumenischen Tenor des Romans DER PAPST AUS DEM GHETTO stellt Gertrud von le Fort nachdrücklich ihre christlich-humanitären Überzeugungen gegen Gewalt und Menschenverachtung in Geschichte und Gegenwart. In dem Roman werden Juden überwiegend positiv geschildert, und am Anfang des Romans läßt le Fort den Juden Chanoch ben Esra bekennen: »Ich glaube an Gott den Vater, den Allmächtigen, den Schöpfer des Himmels und der Erde«, was ein Zeichen dafür ist, daß die Dichterin Juden und Christen im Gebet zu dem einen Gott als vereint sieht. Der Glaube an den einen Gott steht im Zentrum des jüdischen und christlichen Glaubens und diese Gemeinsamkeit wird deutlich und mit Absicht betont, während theologische Unterscheidungen zwischen Judentum und Christentum nicht hervorgehoben werden. Dies wurde zweifelsohne von der Dichterin bewußt so gestaltet und ist besonders hoch zu bemessen, wenn man das Erscheinungsjahr 1930 des Romans bedenkt. Die Verlegung des

Romangeschehens in die Zeit des mittelalterlichen Investiturstreites kann nicht darüber hinwegtäuschen und verweist vielmehr darauf, daß es sich hier um ein aktuelles Problem handelt, nämlich um die Stellung zum Antisemitismus, der in Deutschland durch die Nazis vor und nach ihrer Machtergreifung in verbrecherischer Weise proklamiert wurde. Für das Schicksal der Juden in Deutschland erwies sich le Fort also schon 1930 als ahnende Seherin, was ebenfalls ihrer Auffassung von Geschichte oder vom geschichtlichen Roman entspricht: »Ich habe das Historische nie als eine Flucht aus der eigenen Zeit empfunden, sondern als den Abstand, von dem man die eigene Zeit schärfer erkennt, so wie man die charakteristischen Linien eines Gebirges erst dann wahrnimmt, wenn man nicht zu nahe ist.«

Kurz nach der Veröffentlichung des Romans DER PAPST AUS DEM GHETTO lernte Gertrud von le Fort durch die Vermittlung des Jesuitenpaters Erich Przywara die Schülerin Edmund Husserls und damalige Dozentin Edith Stein kennen. Przywara war ein bedeutender Theologe, ein persönlicher Berater und Freund und ein öffentlicher Verteidiger von Gertrud von le Forts Büchern. Er wußte aus seiner Bekanntschaft mit den beiden Frauen, wie viel sie geistig und theologisch gemeinsam hatten und führte sie 1930 in München zusammen. Die Begegnung hinterließ bei beiden Frauen den tiefsten Eindruck, und sie korrespondierten bis 1936 miteinander. Da Edith Stein Jüdin war, wurde ihr 1933 die Lehrerlaubnis entzogen. Sie hatte schon 1922 konvertiert, trat aber erst 1933 in das Kölner Karmel ein. Die Mutter Edith Steins, die in Breslau lebte, konnte sich mit der Konversion und mit dem Klostereintritt ihrer Tochter nicht abfinden, aber le Fort gelang es, das Eis zwischen Mutter und Tochter zu brechen. Drei Tage nach ihrem Eintritt ins Kloster schrieb Schwester Theresa Benedicta a Cruce – wie Edith Stein jetzt hieß – am 17.10.1933 an le Fort: »Meine liebe Gertrud von le Fort, eben habe ich in meiner stillen Zelle Ihr schönes Marienlob gelesen. Es ist im Karmel ganz am rechten Ort. Ich danke Ihnen für die liebevolle Bereitschaft, meiner lieben Mutter etwas Trost zu bringen.« Im November 1934 besuchte le Fort ihre Freundin in Köln; die Eindrücke im Verlauf dieses Besuchs beschreibt le Fort in ihrem in Marbach befindlichen Nachlaß: »Den tiefsten Eindruck von Edith Steins religiöser Sendung empfing ich bei einem Besuch, den ich ihr im Karmeliterinnenkloster von Köln-Lindenthal bald nach ihrem dortigen Eintritt machte. Als ich die gemäß der Ordensregel tief Verschleierte fragte, ob sie nun im Kloster glücklich sei, hob die gleichfalls anwesende Novizenmeisterin einen Augenblick den Schleier der Befragten, und ich blickte in ein Antlitz, dessen Frieden und geradezu verklärte Beglückung mir unvergesslich ist.«

Die innere Verbundenheit zwischen le Fort und Edith Stein blieb bestehen, aber in den folgenden Jahren riß ihre Korrespondenz mehr und mehr wegen der immer mächtiger werdenden nationalsozialistischen Kontrolle ab. Edith Stein wurde 1942 aus einem holländischen Kloster nach Auschwitz verschleppt und ermordet. Am 12. November 1962 schrieb le Fort an Dr. H. Molitor, daß ihre Eindrücke von Edith Stein so tief waren, »daß sie mein Buch Die ewige Frau wesentlich beeinflußt haben (...) und ich bin überzeugt, daß Schwester Theresa Benedicta a Cruce auch ihren schweren Tod und das vorausgehende Leiden ihrem jüdischen Volke aufgeopfert hat«.

Le Forts Essays Die Ewige Frau. Die Frau in der Zeit. Die zeitlose Frau erschienen 1934 beim Kösel und Pustet Verlag in München. Die drei Abhandlungen, die le Forts Bekenntnis zum katholischen Mariendogma und zu den drei Formen des Frauenlebens widerspiegeln, wurden später von den Nationalsozialisten angegriffen, z.B. in dem Artikel »Weltanschauung als Frauenschicksal« in einer 1937 erschienenen nationalsozialistischen Illustrierten: »Rund 74.000 Nonnen in Deutschland bedeuten bei Annahme von nur zwei Kindern je Familie einen Bevölkerungsverlust von etwa 150.000 Kindern in einer Generation. Hier wirkt sich eine lebensfeindliche Einstellung aus, wie sie ganz ungeschminkt bei Gertrud von le Fort in dem von der katholischen Kirche genehmigten Buch DIE EWIGE FRAU zum Ausdruck kommt« (zitiert nach *Marbacher Magazin* 3/1976, S. 22-23). Eine Rezensentin der Zeitschrift *Nationalsozialistische Mädchenerziehung* nannte le Fort in ähnlicher Weise um diese Zeit eine »fanatisch gläubige Katholikin«. Gemeint war vor allem die von le Fort in ihrem Buch geäußerte Behauptung: »Im Habenwollen eines Kindes offenbart sich in vielen Fällen eine sehr weibliche Form des Egoismus (...) Es gibt kein Recht der Frau auf ein Kind, sondern es gibt nur das Recht des Kindes auf eine Mutter.« Es ist kaum zu verwundern, daß so eine Haltung bei den für die pflichtgemäße Verbreitung und Vermehrung der 'nordischen Rasse' polemisierenden Nationalsozialisten Ärgernis erregte.

Wohl ist es ebenfalls kaum verwunderlich, daß der Schauplatz des nächsten epischen Werkes le Forts ein Karmeliterinnenkloster ist. Die Novelle DIE LETZTE AM SCHAFOTT, deren Entstehungsgeschichte durch eine Aussage der Dichterin belegt werden kann, erschien 1931:

> »Der Ausgangspunkt meiner eignen Dichtung war nicht in erster Linie das Schicksal der 16 Karmeliterinnen von Compiègne, sondern die Gestalt der kleinen Blanche. Sie hat im historischen Sinn niemals gelebt, sondern sie empfing den Atem ihres zitternden Daseins ausschließlich aus meinem eigenen Innern und kann niemals von dieser ihrer Herkunft gelöst werden. Geboren aus dem tiefen Grauen einer Zeit, die in Deutschland überschattet wurde von den vorauseilenden Ahnungen kommender Geschicke, stieg

diese Gestalt vor mir auf gleichsam als 'Verkörperung der Todesangst einer ganzen zu Ende gehenden Epoche'. Das beständig bangende Kind, das von der Dienerschaft des Hauses »Häschen« genannt wird, das junge Mädchen, das aus Weltangst in ein Kloster tritt und sein religiöses Leben dort in der mystischen Verbindung mit der Agonie Christi zu gestalten sucht, lebte bereits in meinen dichterischen Entwürfen vor der Einbettung seines Schicksals in das der 16 Karmeliterinnen von Compiègne. Durch einen Zufall wurde ich mit diesem bekannt. Eine kleine Notiz – die Fußnote eines den katholischen Orden gewidmeten Buches – über die singend zum Schafott ziehenden Karmeliterinnen löste den Entschluß aus, den Schauplatz für das Auftreten meiner kleinen Blanche aus der Gegenwart in die Französische Revolution zu verlegen. Ich folgte damit einer meiner Dichtung auch sonst naheliegenden Neigung, aktuelle Probleme und Gestalten in die Vergangenheit zurückzuspiegeln, um sie, von der allzu bedrängenden Nähe gelöst, reiner und ruhiger formen zu können. Durch die Vermittlung der Münchner Staatsbibliothek gelang es mir dann, zu den spärlichen Quellen vorzudringen, durch die zwar die Namen der 16 Märtyrerinnen und die großen Umrisse ihres Schicksals, nicht aber ihre Persönlichkeiten sichtbar sind.«[17]

Damit wird auch – im Hinblick auf eine spätere Kontroverse – eine Klarstellung in bezug auf DIE BEGNADETE ANGST von Georges Bernanos gegeben. Kurz vor seinem Tod (1948) hatte der große Dichter der französischen Renouveau catholique den Auftrag erhalten, aus der epischen Vorlage le Forts ein Drehbuch zu gestalten. Daß er darin auch eigene Gedanken zum Thema Angst einfließen ließ, mit dem er sich zeitlebens ebenso beschäftigt hatte, mag niemand bestreiten; daß aber der ganze Stoff und seine eigentliche Problemstellung von der Dichterin stammt, dürfte ebenfalls nicht bestritten werden.

Zweifelsohne gilt DIE LETZTE AM SCHAFOTT als ein Meisterwerk der deutschen Novellistik und die Novelle wird allgemein für die seelisch differenzierteste, psychologisch am sorgfältigsten motivierte Prosa der Dichterin gehalten. Der fingierte Erzähler, ein französischer Adliger namens Herr von Villeroi, berichtet in Briefform vom Schicksal der Karmeliterinnen von Compiègne in den Tagen der Französischen Revolution. Blanche de la Force, ein überzartes junges Mädchen, ist überdurchschnittlich ängstlich und empfindsam, wohl infolge einer Frühgeburt ihrer in Panik geratenen Mutter, die von Volkshaufen aus ihrem Wagen gezerrt wurde und bald darauf gestorben war. Die Erzieherin von Blanche zeigt ihr den Weg zu Christus, so daß sie auf ihren Wunsch in das Karmeliterinnenkloster in Compiègne eintritt. Ihr Vater, der Marquis, ist jedoch wenig erfreut über diesen Schritt, da er seine Tochter gern verheiratet gesehen hätte. Die erste Zeit im Kloster verläuft gut; Blanche fühlt sich hinter den Klostermauern geborgen und, mit den Worten der Novizenmeisterin Marie de l'Incarnation »eingekuschelt wie ein Vögelchen ins Nest«. Die Novizenmeisterin ist eine vornehme, energische Frau, die die strengen Vorschriften der Karmeliterinnen ernst nimmt und die ängstliche Blanche de la Force, die ihrem Namen zu spotten scheint, mit mütterlichen Gefühlen umgibt. Ein Gesetz gegen die Aufnahme neuer Mitglieder in den Orden hat zur Folge, daß Blanche vorzeitig eingekleidet wird. Diese Ereignisse sowie das Eindringen einer revolutionären Kommission in das Kloster flößen der jungen Novizin neuerliches Bangen ein. Blanche flieht aus dem Kloster zu ihrem Vater, während die anderen Nonnen gefaßt dem Martyrium entgegensehen. Sie bereiten sich auf den Opfertod vor, denn sie glauben fest, daß Frankreich nur durch die Gebete der Opferseelen gerettet werden kann. Der Vater der jetzt

fast pathologisch verängstigten Blanche wird ermordet und man zwingt sie, aus einem mit seinem Blut gefüllten Becher zu trinken. Sie muß mit dem Pöbel zusammenleben, wird aber schließlich gerettet.
Inzwischen wird Marie de l'Incarnation vor eine revolutionäre Behörde geladen und muß das Kloster verlassen, wird aber in der Wohnung des sie vertretenden Anwalts versteckt. Die 16 verbleibenden Karmeliterinnen werden zum Tod verurteilt, weil sie eine Christusfigur, den Petit roi de gloire, zum Schutze des dem Pöbel ausgelieferten Dauphins nach Paris geschickt hatten. Dies galt als Hochverrat. Die Nonnen besteigen das Schafott unter dem Absingen von Psalmen und sterben standhaft unter der Guillotine. Als die letzte den Tod gefunden hat, hört man eine kindliche Stimme den Gesang fortsetzen: Es ist die sonst schwache, ängstliche Blanche, die jetzt unvermutet aus der Menge hervorbricht und völlig furchtlos ihren Mitschwestern gefolgt ist: »Sie sang mit ihrer kleinen, schwachen, kindlichen Stimme ohne jedes Zittern, nein, jubelnd wie ein Vögelchen; sie sang ganz allein über der großen, blutigen, schrecklichen Place de la Révolution das Veni creator ihrer Schwestern zu Ende.« Blanche wird daraufhin vom Pöbel erschlagen, noch ehe sie das Blutgerüst erreicht.
Dieses Ende der Geschichte, diese wunderbare Umkehr, in der Blanche für sich den Märtyrertod wählt, mag zunächst wegen der ehemaligen Schwäche und Ängstlichkeit der Heldin unglaubhaft erscheinen. Le Fort selbst hat diesen freiwilligen Opfergang als »göttliche Gnade« erklärt, aber eine derartig metaphysische Deutung ist nicht unbedingt notwendig; auch eine natürliche Interpretation oder Motivierung ist durchaus möglich und glaubhaft. Wie unberechenbar sich Menschen in Situationen extremer Gefahr verhalten, ist allgemein bekannt. In diesem kritischen Moment, in dieser äußersten Situation brechen das Ehrgefühl und das geschärfte Gewissen der Blanche durch.

Außerdem muß die Heldin, die das Blut ihres enthaupteten Vaters hat trinken müssen, als in hohem Maße erregt gesehen werden, und der Satz »leben ist schwerer als sterben« muß ihr zur dominierenden Empfindung geworden sein. Schließlich könnte man auch eine durchaus religiöse, aber weniger metaphysische Begründung für Blanches Entscheidung sehen: So wie sie einst aus der Welt in das Karmeliterinnenkloster geflohen war, so entschloß sie sich jetzt, dem Terror der Revolution zu entkommen und in die rettenden Arme Gottes und dessen Allmacht zu fliehen.

Trotz zunehmenden Ruhms war le Fort bald nach der Veröffentlichung der Novelle DIE LETZTE AM SCHAFOTT aus finanziellen Gründen dazu gezwungen, in der Schweiz und in Deutschland Vortragsreisen oder Leseabende zu veranstalten. Der erste solcher Vorträge fand schon 1933 in der Schweiz statt; 1934 und 1935 war die Dichterin in manchen Monaten fast ständig unterwegs. Solche Dichterlesungen waren le Fort eigentlich zuwider, aber sie brachten ihr ein berechenbares und nötiges Einkommen. Im Herbst 1934 unternahm le Fort eine besonders hektische Vortragsreise, die sie durch viele Städte und am Rhein entlang führte, wo sie nebenbei auch Studien für ihre Kaisergeschichte machen wollte. Bei all ihren Leseabenden hat le Fort aber nicht nur aus ihren Werken vorgetragen, sondern auch über ihre Werke und deren Bedeutung gesprochen und Zusammenhänge erklärt. Sei es in Essen oder Bonn, in Köln oder in Mönchen-Gladbach, in Recklinghausen, Münster oder in Trier, wo immer auch le Fort sprach, waren die Säle, zum Teil im voraus, ausverkauft; überall wurde sie als DIE katholische Dichterin von europäischem Rang gefeiert. Die Überstürztheit und Anstrengung dieser Reise beschrieb die Dichterin in einem Brief an Martin Rade vom 12. Dezember 1934: »Auf dem Heimweg mußte ich leider durchfahren, ohne Sie zu be-

suchen, weil der freie Tag, den ich für Sie vorgesehen hatte, ausfiel, da sich in Bonn die Notwendigkeit ergab, meinen dortigen Vortrag auf zwei Tage anzusetzen. Dieses Schicksal war nun aber für die ganze Reise typisch – ich mußte überall wegen Überfüllung den Abend zuweilen sogar zwei Mal wiederholen. (...) Ich muß am 13.12. in Mainz lesen, am 14. in Mannheim, den 15.12. habe ich einen Tag für Schuberts in Heidelberg frei, am 16. muß ich in Ludwigshafen, am 17. in Karlsruhe, am 18. in Freiburg, am 19. noch einmal in Karlsruhe sein.«
Le Fort hat diese Lesungen immer gründlich vorbereitet; sie wußte im voraus genau, wie lange sie für die Lesung aus ihrem Werk und für die erklärenden Zwischentexte brauchen würde. Die Manuskripte zu diesen Begleittexten sind im Nachlaß erhalten, so daß es weitgehend möglich ist, die Lesungen zu rekonstruieren. Ehe le Fort in einem Vortrag auf ihr Werk einging, sprach sie immer über den Dichter, über ihre eigene Auffassung vom Dichter; dieser Absatz »Der Dichter« wurde dann später in dem Essayband Woran ich glaube gedruckt:

> »Man hat mich gebeten, etwas über Entstehung und Absicht meiner Arbeiten zu sagen. Das ist ziemlich schwierig, meine Bücher sind alle ohne festen Plan entstanden. Sie sprangen mir in einzelnen Szenen, Gestalten und Versen gleichsam aus dem Dunkel auf. (...) Damit bin ich schon auf den Begriff dessen gekommen, was ich unter einem Dichter verstehe. Man spricht sehr viel von der Persönlichkeit des Dichters und legt ihr für seine Dichtung Wichtigkeit bei. Ich glaube, dies ist ein Irrtum. Die Persönlichkeit und das persönliche Leben des Dichters sind nicht Erklärung des dichterischen Schaffens, sondern eher dessen Schranken. Der Dichter bringt von sich selbst aus – denn das Talent ist ja Geschenk – eigentlich nur das Wissen mit, sich selbst möglichst zu vergessen, um in

> Liebe geöffnet zu sein, zunächst für die großen überpersönlichen Güter: Gott, Kirche, Vaterland, aber auch für alle Wesen und Gedanken, die er darstellen möchte. Dichtung ist also nicht Ausdruck der Persönlichkeit, sondern Hingabe der Persönlichkeit.« (WG, S. 85f)

Le Fort wollte also, daß ihre Dichtung von dem Wunsch her verstanden würde, individuellen Beschränkungen zu entkommen. In diesem Wunsch fielen bei ihr dichterische und persönliche Entwicklung zusammen. Das sieht man besonders deutlich an ihrem ersten Hymnenbuch HYMNEN AN DIE KIRCHE, wo die Überwindung der individuell bestimmten einsamen Religiosität durch die überpersönlich gebundene der Kirche ins Auge fällt.
Auch in le Forts zweitem Hymnenbuch, in den HYMNEN AN DEUTSCHLAND, ist der Wille zum Überpersönlichen merklich vorhanden. Der lyrische Zyklus, dessen Entstehung sich über die schweren Jahre nach dem Ersten Weltkrieg erstreckt, erschien erst 1932. Diese Hymnen bedeuten ebenso wie die HYMNEN AN DIE KIRCHE eine innere Auseinandersetzung mit dem, was größer ist als der einzelne, in diesem Fall mit dem Schicksal des deutschen Volkes:

> Denn Schuld ist groß wie die Nacht: Mit sternloser
>   Krone
> Umgreift sie die Länder,
> Mit schwarzem Purpur
> überwallt sie die Grenzen
> Sie schreitet mit prunkendem Abfall zu jeglichem
>   Throne,
> Und herrscht ohne Ende
> Christlos
> Von Ende zu Ende der Erde!

Gewaltig wie Liebe
Zerbricht sie die Schranken,
Die hocherhab'nen der Völker,
Sie spottet der Mauern,
Sie höhnt die Türme
Der stolzen Nationen.

In diesem Gegenstück zu den HYMNEN AN DIE KIRCHE bezeugt le Fort ihre echte Liebe zur deutschen Nation, die kein blinder Nationalismus war, sondern die Bejahung einer in ihren Augen von Gott gesetzten Ordnung. Die Perspektive ist wiederum christlich, der Ton beschwörend; neben die Ideen von Schicksal, Sendung und Sieg treten in anderen Gedichten Schuld, Kreuz und Gnade. Das Volk des »Heiligen Römischen Reiches Deutscher Nation« tritt in diesen Versen als im geistlichen Sinne erwähltes Volk auf, ist aber zugleich ein christliches, friedliches Volk im Zeichen des Kreuzes Christi:

Kaiservolk der Erde, berufen zur Krone
Aller Kronen – heilige Krone des Reiches,
Friedenskrone der Völker Christi –.

Dieses Reich, das Heilige Römische Reich, ist für le Fort ein Abbild der Kirche selbst. Weltgeschichte als Heilsgeschichte in der besonderen Perspektive Deutschlands ist ebenfalls das Thema in le Forts 1934 veröffentlichter Erzählung DAS REICH DES KINDES. LEGENDE DER LETZTEN KAROLINGER.

In Anspielung auf die Geburt Christi, auf die »Mitternachtsstunde des armen Kindleins«, schaut die Seherin Glismuoda beim Zusammenbruch der Karolinger-Herrschaft das Ende des alten, aber auch den Beginn des neuen Reiches. So geht dann trotz aller Intrigen in Erfüllung, daß König Arnulf letzten Endes dieses Reich des Kindes anerkennen muß: »Nun sah niemand mehr auf König

Arnulf, sondern es war, als sei König Arnulf abgesetzt oder schon verstorben und vergessen, und sie umdrängten alle nur das Kindlein (...) danach küßte er das Kreuz und sprach: Der Herr erbarme sich meiner und eurer! Das Kindlein sitzt auf dem Thron – fortan regiert an dieser Stelle Gott allein.«

Die Tendenz, nach den metaphysischen Wurzeln geschichtlicher Entwicklungen zu suchen, zeigt sich vielleicht am deutlichsten in le Forts 1938 veröffentlichtem Roman DIE MAGDEBURGISCHE HOCHZEIT. Dieses Werk – der letzte Roman, den le Fort schreiben sollte – wurde 1936/37 in Arosa geschrieben, wohin le Fort aus gesundheitlichen Gründen gezogen war. Dreimal hatte die Dichterin Magdeburg und seinen Dom zum Schauplatz ihrer Prosa gemacht. In der MAGDEBURGISCHEN HOCHZEIT wird die Stadt des 17. Jahrhunderts zur Zeit ihrer Belagerung und Eroberung durch Tilly in lebendigen Bildern dargestellt. Die 1940 gedruckte Erzählung DIE ABBERUFUNG DER JUNGFRAU VON BARBY spielt im Magdeburg des 16. Jahrhunderts, zur Zeit der Bilderstürmer, und gedenkt der Mystiker und Heiligen, die im Mittelalter dort gelebt hatten, der Mechthild von Magdeburg und des heiligen Norbert, des Erzbischofs von Magdeburg. Die christliche Mystik im allgemeinen und besonders die Mystik der Mechthild von Magdeburg hatten le Fort schon in ihrer Heidelberger Zeit stark beschäftigt. Die Erzählung entstand ebenfalls in Arosa und war ursprünglich als ein »christliches Vorspiel« für DIE MAGDEBURGISCHE HOCHZEIT gedacht. Schließlich stellte le Fort den Magdeburger Dom als Symbol der Überwindung der Glaubensspaltung in der ganz späten, 1968 veröffentlichten Erzählung DER DOM dar.

DIE MAGDEBURGISCHE HOCHZEIT spielt 1631 in der konfessionell verstrickten Mitte des Dreißigjährigen Krieges. Der Titel ist Flugblättern der Zeit entnommen, die die Eroberung und Zerstörung Magdeburgs durch die Katholiken als »Magdeburgische Hochzeit« bezeichneten. Im Mittelpunkt der Ereignisse steht einmal Magdeburg selbst, das schon seit einem Jahrhundert protestantisch ist, und das in seinem Wappen das Bild einer Jungfrau trägt. Das kaiserliche sogenannte Restitutionsedikt von 1630 hatte angeordnet, daß die Protestanten alles Kirchengut (Stifte, das Eigentum der Bistümer) zurückgeben sollten, welches sie seit 1552 durch großen Expansionsdrang erworben hatten. Das Ziel des Edikts war es, aus dem Deutschen Reich ein vorwiegend katholisches Land zu machen und den Protestantismus an den Rand des deutschen Lebens zu verbannen.

Von den Truppen des Feldherrn und Jesuitenschülers Tilly geleitet, zogen also die Restitutionskommissionen durch das Land und kamen auch nach Magdeburg. Der Stadtrat des kaiserlichen Magdeburg erwog nun, ob sich die Stadt zum Schutz seines Glaubensbekenntnisses entgegen dem kaiserlichen Edikt mit den protestantischen Schweden arrangieren und seine Tore der fremden Macht öffnen oder ihrem Status als Freie Reichstadt die Treue halten solle. Unter dem Einfluß des kaltblütigen und herrischen schwedischen Obristen von Falkenberg entscheidet sich der Stadtrat, das Ultimatum Tillys zu ignorieren: »Es hat die alte, spröde Magd dem Kaiser einen Tanz versagt. Nun tanzt mit ihr des Kaisers Knecht – das geschieht der stolzen Jungfer recht!« Tillys Generale wollen die Stadt sofort stürmen. Tilly aber, der katholische Eiferer und treue Diener des Kaisers, will aus menschlichen Gründen die Belagerung der Stadt vermeiden; so versucht er, dem Kaiser die vorläufige Rückstellung des Ediktes abzuringen, worauf dieser aber nicht eingeht.

Unter der Kanzel des ehemals katholischen, jetzt protestantischen Domes vollzieht sich zur gleichen Zeit das Schicksal der Jungfrau Erdmuth Plögen und ihres Bräutigams Willigis Ahlemann. Pastor Bake, der die beiden traut, verknüpft in der Brautrede den Faden ihres Schicksals

mit dem der Stadt Magdeburg, als er in seiner Predigt zum Widerstand gegen die katholischen Kaiserlichen aufruft und die Hilfe des schwedischen Königs, der im Anrücken war, ankündigt. Willigis aber, ein Katholik, ist erzürnt, daß der Pastor sein Amt für politische Äußerungen mißbraucht, und verläßt augenblicklich den Dom und seine Braut. Er geht zum Rathaus, wo die Stadtväter versammelt sind und wird von diesen zu seinem Oheim, einem Kaiserlichen, als Unterhändler in dieser schwierigen Situation gesandt, in der Magdeburg zwischen Kaiserlichen und Schwedischen eingeschlossen wird, und beide um die Stadt, wie um eine Braut, zu 'werben' beginnen. Erdmuth begibt sich in Erwartung Willigis nach Hause; da Willigis aber nicht kommt, seine Braut zu holen, verzweifelt sie an seiner Liebe und gibt sich aus verletztem Stolz, aus Rache und aus Bosheit dem schwedischen Obristen von Falkenberg hin. Dieses Verhalten der magdeburgischen Magd Erdmuth symbolisiert das Schicksal Magdeburgs und seine Entscheidung zwischen Schweden und Kaiserlichen.
Magdeburg entschließt sich, ebenso wie Erdmuth für den Schweden und für die »lockende Prächtigkeit seines Stolzes«; das Schicksal läßt sich nicht mehr wenden. Der kaiserliche General Tilly bringt die Nacht vor dem Sturm im Gebet zu, muß aber als rechtmäßiger 'Freier' Magdeburgs am nächsten Morgen gegen seinen Willen den Befehl zum Sturm auf die Stadt geben. Magdeburg wird durch eine an verschiedenen Stellen ausbrechende Feuersbrunst mit Ausnahme des Doms eingeäschert. Die Überlebenden, darunter Willigis und seine untreue Braut Erdmuth, flüchten sich in den Dom, der durch die persönliche Fürsorge Tillys gerettet wird. Willigis verzeiht seiner Braut, die ihren rechtmäßigen Bräutigam verlassen hatte: »Die wunderschöne, stolze Erdmuth Plögen (...) nur noch die arme geschändete Magd, ganz und gar zerbrochen, mit Jammer und Elend bedeckt. Dann nahm er sie in seine Arme und

trug sie vor den Altar.« Tillys junger Beichtvater spricht für sich und den Generalissimus, wenn er gesteht: »Dieser Sieg ist eine furchtbare Niederlage! (...) Ich wußte es, aber ich wollte es nicht wissen – ich wollte die heilige Religion nicht leiden lassen und nun (...) habe ich die heilige Religion gerade dem allergrößten Leid ausgeliefert!« Am Schluß wird im Magdeburger Dom eine Messe gelesen. Die katholische Liturgie ist dem Pastor Bake zuwider, aber beim Singen des großen Credo und in den Worten »confiteor unum baptisma in remissionem peccatorum« erkennt er, daß der christliche Glaube doch eins und nicht zu teilen ist: »Christus siegt nicht im Kampf gegen das Kreuz – Christus siegt nur im Mysterium seiner Liebe.«

In le Forts Roman erkennt man, daß Magdeburgs Zerstörung nicht Tillys gewollter Sieg war, sondern sein ungewolltes Unglück. Als Leitmotiv oder Motto steht in der MAGDEBURGISCHEN HOCHZEIT die oft wiederholte Behauptung: »Die Liebe vermag alles.« Gemeint ist die christliche Liebe, die ANIMA NATURALITER CHRISTIANA, die Stolz, Leid und Glaubensspaltung überwinden kann und muß. Schließlich faßt le Fort im Schlußkapitel der MAGDEBURGISCHEN HOCHZEIT alle in dieser Liebe zusammen, welche die Frage nach dem gekreuzigten Christus zu beantworten wissen: die am Altar sie ausdrücklich bekennenden Katholiken und die vor der Kirche Stehenden, Erahnenden. Die ursprüngliche Konfrontation in diesem historischen Roman wird also letzten Endes zu einer höchst aktuellen, ökumenischen Begegnung. So ist die MAGDEBURGISCHE HOCHZEIT zugleich eine Hymne an die Kirche und an Deutschland, eine Botschaft an das in Protestanten und Katholiken gespaltene Land, wie es in echt christlichem Geiste der Spaltung begegnen kann, – eine Botschaft, die auf Schritt und Tritt ins allgemein Menschliche wächst und damit aller Spaltung im privaten und öffentlichen Leben eine vorbildhafte Lösung bereitet: »Du aber sprichst mit gewaltigem Schicksal den Völkern das letzte Bekenntnis.« Ganz in diesem Sinne schrieb le Fort 1965 in ihren Aufzeichnungen: »Es bedeutet für mich das Geschenk einer besonderen Gnade, daß ich jetzt im hohen Alter das Konzil (gemeint ist das II. Vatikanische Konzil – der Verfasser) noch erleben darf, wo innerhalb der großen Konfessionen auf beiden Seiten das Eis schmilzt und die Erkenntnis zu tagen beginnt, daß wir eins sind in der Liebe Christi, und daß die Unterscheidungen zeitbedingter Natur überwunden werden können und müssen.« Le Forts 1968 veröffentlichte Erzählung DER DOM bringt diese Hoffnung auf Überwindung der konfessionellen Spaltung direkt zum Ausdruck.

Die im schweizerischen Arosa 1938 vollendete MAGDEBURGISCHE HOCHZEIT nahm die zwei Jahre später beginnende Vernichtung europäischer Städte vorweg und erblickte sogar »alles Vaterland deutscher Nation von der Oder bis zum Rhein, von der Ostsee bis nach Bayern lichterloh brennend – erblickte das ganze Reich als einen zukünftigen Schutthaufen«. Kurz nach Kriegsbeginn hatte sich die Dichterin entschlossen, die Konradshöhe »wegen Einlagerung von Kriegsgerät« zu verlassen und nach Oberstdorf im Allgäu überzusiedeln, das auch klimatisch günstiger für sie war. Während der Kriegsjahre hat le Fort nicht nur an DER KRANZ DER ENGEL weitergearbeitet, sondern schrieb auch Gedichte, Erzählungen und Legenden. In den meisten Arbeiten aus diesen Jahren stehen Zeilen und Sätze, die unmittelbar in die damalige Gegenwart zielen. An allen weltbewegenden Ereignissen der von ihr durchlebten Zeit hat le Fort so intensiv teilgenommen, daß sie sie nicht nur mittelbar im Spiegel historischer Erzählungen, sondern auch unmittelbar zunächst in ihrer Lyrik darstellte. Auch die Briefe aus diesen Jahren verraten ein aufgeschlossenes und durchaus kritisches Miterleben ihrer Zeit, so daß die manchmal nach dem Krieg geäußerte Kritik, le Fort habe sich während der Kriegsjahre zurückgezogen und sich mit ihren historischen Legenden und Erzählungen befaßt, um in die Vergangenheit zu flüchten, als unfair und unzutreffend gesehen werden muß. Die geforderte Lobeshymne auf den Führer hat le Fort nie verfaßt, sondern das prophetische Gedicht »Verwandlung« 1939 geschrieben. Es erschien in dem Zyklus »Lyrisches Tagebuch aus den Jahren 1935–1945« und wurde in dem Band GEDICHTE 1949 veröffentlicht:

> Und immer süßer lockte der Schwäne Gesang
> In jenen Nächten des Grauens,
> Und immer leuchtender stürzten die Sterne nieder –
> Wir wichen schauernd zurück, doch tief im Innern
> Glomm schon der purpurne Tropfen des Opfer-
> weins,
> Den uns ein dunkles Geschick
> Liebreich kredenzte.

Im sechsten Gesang des »Lyrischen Tagebuches«, dessen neun Gesänge zum Ergreifendsten gehört, was die Dichterin je geschrieben, und was die deutsche Lyrik zu dieser Zeit überhaupt hervorgebracht hat, fragt das dichterische Ich: »Bin ich nicht nachtverwandt durch des Vaterlandes Nächte?« und im achten Gedicht des Zyklus wird um »mein armes, verirrtes Volk« getrauert. Die Nacht der verlorengegangenen Sendung des Heiligen Reiches ist angebrochen: tot ist seine Sendung. Das erschütterndste Zeichen des Untergangs war nicht die äußere Gewalt, sondern das innere Sterben der deutschen, abendländischen, ja menschlichen Seele:

> Der neue, der irdische Mensch, der selbstgewisse,
> gewaltige.
> Selten nur bleibt er stehen, von heimlichen Schauern
> Widerwillig geschüttelt, und ohne Rührung
> Wendet er sich zurück in den Lärm seiner Tage.

Im selben Jahr 1939 schrieb le Fort das mahnend schöne und für sie gefährliche Gedicht »Verhängnis«, das ebenfalls in dem 1949 veröffentlichten Band abgedruckt wurde:

»Vorüber, vorüber« rauschen die zitternden Wälder.
Wie schreckhaftes Vogelgewölk vor unsichtbaren
Gewittern,
So flüchtet dahin der ängstliche Schatten der Erde.
Es finstert, o wie es finstert in allen Räumen des
Himmels,
Selbst wenn der Mond sich ergießt, sieht das Auge
nicht heller,
Es sieht nur noch weinendes Licht – –

Und doch, wir sind nicht hilflos wie blindes Gras
Unter die Hufe von blinden Rossen gewältigt:
Was könnte gescheh'n, in das wir nicht eingewilligt
Und das wir nicht miterwählt und mitgewollt und
beschworen?

Schon in der 1940 erschienenen Erzählung DIE ABBERUFUNG DER JUNGFRAU VON BARBY werden die Greuel und das Elend des Krieges als Abwesenheit Gottes gedeutet. 1941 hatte le Fort die Erzählung DAS GERICHT DES MEERES geschrieben und 1943 veröffentlicht. Auch in dieser Geschichte, die Anfang des 13. Jahrhunderts spielt, liest man ziemlich unverschleierte Gegenwartskritik: »Wenn man zu einem Verbrechen schweigt, so willigt man in dasselbe ein, und ich habe doch geschwiegen – jeder einzelne von uns. Wir haben geschwiegen, daß es zum Himmel schrie. Wir haben gegessen und getrunken, als ob nichts geschehen wäre, (...) ja, wir haben sogar geschlafen! Es gab keinen Richter, der uns hätte wecken können – die Richter schliefen auch – sie mußten ja schlafen – man befahl es ihnen doch.«
Der Schriftsteller Arthur Maximilian Miller beschreibt in

seinem Buch BRIEFE DER FREUNDSCHAFT MIT GERTRUD VON LE FORT (1976) die Dichterin in diesen Kriegsjahren:

> »Das gefürchtete Jahr (1944) brach an. 'Es finstert, o wie es finstert in allen Räumen des Himmels...' So Gertrud von le Fort. Das Verderben war von allen Seiten her im Anzug. Allmählich kamen die Geschwader häufiger und dichter angeflogen, man sah sie im Blau des Himmels und in den Lücken der Wolken wie grelle, silberweiße Mücken in starrem Zuge ziehen, bald aber heulten sie im Tiefflug über uns weg, daß das Haus erzitterte und der Umkreis dröhnte ... Gertrud von le Fort arbeitete am KRANZ DER ENGEL. Sie hatte mir das Manuskript ihrer Novelle DIE CONSOLATA zur Aufbewahrung gegeben, jener Novelle, die, in historisches Gewand verhüllt, den Untergang und Wahnsinnstod Hitlers vorausschaute. Wenn sie in die Hände der braunen Schergen fiel, war es um die Dichterin geschehen. Ich staunte über die Kühnheit dieser Frau, mit der sie ohne Zögern das jeweils brennendste Thema aufgriff (...). In der CONSOLATA sah man den Wahnsinn in sich selbst zusammenbrechen. Diese Frau empfing ihre inneren Befehle und gehorchte ihnen.«

DIE CONSOLATA wurde erst 1947, also nach dem Krieg, veröffentlicht, aber in der Geschichte der Tyrannen Ezelino und Ansedio ist kaum zu übersehen, daß besonders Ansedio als ein in das 13. Jahrhundert versetztes Abbild von Adolf Hitler und/oder Benito Mussolini zu verstehen ist. Es ist eine erbarmungslose Zeit der Tyrannei, in der die Lebenden die Toten beneiden. Am Schluß der Erzählung wird Ansedio vom Volk mit der gleichen Gewalt gestürzt, mit der er sich selbst an ihm versündigt hatte. Das auf prophetische Weise an die Götterdämmerung von Berlin im Jahre 1945 erinnernde Ende der

Geschichte zeigt, wie Ansedio, vollkommen in sich eingeschlossen, um sich eine dämonische Scheinwelt errichtet, damit er irgendwo noch Herrscher sein kann. Auch die aktuelle Frage der Mitverantwortung und Schuld wird in dieser meisterhaften Kurzgeschichte aufgegriffen: Was wären die Mittel der Macht und Gewalt ohne die Menschen, die sie gebrauchten? Und was hätte ein Tyrann allein – ohne Komplizen – anfangen können? Die fast biblische Moral der Geschichte, etwa wer zum Schwert greift, der wird durch das Schwert umkommen, oder die Gewalt fällt auf den zurück, der sie gebraucht, ist zeitlos. Das von ihr erlebte Ende des Krieges hat le Fort in einem Brief vom 3. September 1945 an Margarete Seifert geschildert:

> »Für mich sind die Dinge im Vergleich mit vielen anderen Geschicken ungewöhnlich sanft gewesen. Wir wurden am 1. Mai von französischen Truppen besetzt, denen später die amerikanischen folgten. Alles geschah mit großer Ruhe und Ordnung. Viel Herzeleid freilich liegt auf uns. Was ist aus unserem schönen Vaterland geworden! Seine Städte liegen in Schutt und Asche, von so vielen teueren Menschen fehlt noch jede Spur! (...) Es war und ist mein Trost, daß ich, trotz aller Sorge, immer zu arbeiten vermag. Unsre Welt, die vielfach so schrecklich entstellt wurde, lebt in der Dichtung ihr zweites, schöneres Leben und gibt dadurch auch ihrem Dichter täglich das Maß von Hoffnung, ohne das wir nicht zu sein vermögen. Und über allem Schmerz steht auch die ernste Gewißheit, daß ein tiefer unabwendbarer Sinn in dem Geschehen liegt, denn wir haben zwar fast alles verloren, was unser Volk herrlich machte, aber unsre Seele ist gerettet worden, und dafür ist zuletzt kein Preis zu hoch.«

Der Optimismus dieser religiösen Deutung der Kriegsgeschehnisse wurde von le Fort kurz darauf in ihren Werken und Vorträgen etwas revidiert, sobald die Dichterin erfahren hatte, wie grausam die von den Nationalsozialisten im Krieg begangenen Verbrechen gegen die Menschlichkeit eigentlich waren.

Die Jahre der Anerkennung

Im Dezember 1946 ging Gertrud von le Fort »für ein paar Monate« in die Schweiz, um sich dort zu erholen und die Genfer Verwandten zu besuchen:

> »Wie einst vor fast 400 Jahren meine Familie in der Stunde der Bedrängnis auf dem heute schweizerischen Boden Genfs eine Zuflucht und zweite Heimat fand, so fand ich auch hier in schwerer, ja allerschwerster Zeit eine Zuflucht (...) fand ich in dieser zweiten Heimat nicht nur selbst Erholung und seelisches Gleichgewicht, ich fand auch unermüdlich hilfreiche Hände, die den Menschen meiner deutschen Heimat in ihrer großen Not beistanden und mir selbst halfen, ihnen beistehen zu können.« (AE, 5f.)

Als sie nach Deutschland zurückkehren wollte, ließ man sie wegen ihres Schweizer Bürgerrechtes nicht wieder einreisen, und so verlängerte sich der Aufenthalt bis zum Herbst 1948. In diesen Jahren hat sie Vorträge und Dichterlesungen gehalten, zum großen Teil zugunsten des Roten Kreuzes und der deutschen Kinder und Studenten. Le Fort wurde von Freunden und Bekannten in der Schweiz öfters gebeten, über ihre Deutung des Krieges zu sprechen; diese Bitten führten dann zu ihrem großen, am 2. Juni 1947 in Zürich vor dem Zentralkomitee des Schweizerischen Katholischen Frauenbundes gehaltenen Vortrag UNSER WEG DURCH DIE NACHT, der damals auch in vielen ausländischen Zeitungen gedruckt wurde und dazu beitrug, Verständnis für Deutschland zu wecken. Der Aufsatz greift schon mit dem ersten Satz in die unmittelbare

Problematik und in die deutsche Identität der Zeit nach dem Zweiten Weltkrieg ein, und dabei wird le Fort ihren Hörern und sich selbst nichts ersparen und nichts beschönigen:

»Was ich Ihnen zu bieten vermag, bedeutet keinen Höhenflug, sondern einen Blick in den Abgrund der Welt und in seine letzten Schrecken.«

Andererseits vermeidet die Dichterin pauschale Vereinfachungen in ihrer Schilderung der furchtbaren Geschehnisse:

»'Unser Weg durch die Nacht', lautet das Thema – gemeint sind die eben vergangenen furchtbaren Jahre der deutschen Geschichte. (...) Ich will versuchen, Ihnen von diesen Erfahrungen zu sprechen. Dabei müssen Sie sich freilich vor Augen halten, daß mein Bild kein allgemein gültiges sein kann, d.h. ich muß Sie bitten, mit dem irreführenden Massenbegriff »die Deutschen« oder »der deutsche Mensch« aufzuräumen. Ein Volk – jedes Volk – ist eine Vielfalt von Einzelwesen und bleibt eine solche selbst in den Tagen der sogenannten 'Gleichschaltung'. Die Gegensätze in Deutschland waren sehr groß. (...) Sie konnten damals in Deutschland neben dem Furchtbarsten das Rührendste, neben dem Gemeinsten das Edelste, neben dem Gottlosesten das Ehrfürchtigste antreffen. In denselben Tagen, in denen bei uns die Synagogen brannten, konnte das Wort geprägt werden von den 'Ehrentagen der Münchner Hausmeister' – diese stellten damals den Juden, als ihnen der Einkauf aller Lebensmittel untersagt war, stillschweigend das Notwendige vor die Türe. (...) Es waren Deutsche, die die Konzentrationslager errichteten, es waren aber auch Deutsche, (...) die sich nachts auf Händen und Füßen

> kriechend an die Gefangenenlager heranschlichen und unter Lebensgefahr den Unglücklichen etwas von der eigenen kargen Nahrung über den Stacheldraht zuwarfen« (UNSER WEG DURCH DIE NACHT. WORTE AN MEINE SCHWEIZER FREUNDE. Insel-Verlag, Frankfurt a.M., 1949, S. 1–2). (WN)

Le Fort spricht dann von den »erschütternd schmerzliche(n) Wandlungen unseres bisherigen Weltbildes«, aber trotz ihrer fast apokalyptisch anmutenden Geschichtsbetrachtungen hält die Dichterin fest an dem Glauben, daß dem höllischen Chaos ein Sinn der Geschichte gegenübersteht. Die Dichterin kann sogar aus ihrer Religiosität heraus von einem Gewinn für das Menschliche in der äußersten Verlassenheit, von fruchtbaren Erkenntnissen aus furchtbaren Erlebnissen sprechen. In diesem Glauben erweist sich le Forts Geschichtsverständnis und Daseinsdeutung – der Welt und der Stellung des Menschen – als unverhohlen religiös und christlich: »Gerade die Ungeheuerlichkeit der Nacht, das Erlebnis der furchtbaren Verführbarkeit des Menschen stellte zuletzt die Voraussetzung dar für eine ganz neue Erfahrung des Lichts.« Dieses »Licht« ist für le Fort das erneuerte Verlangen nach Christus, das Sich-zurück-Stellen auf Gott wegen der Nöte der Zeit. Dieses Vertrauen auf Gott wegen des Verlustes menschlicher Sicherheit, Besitz und Wohlangesehenheit ist für die Dichterin der außerordentliche, ja geradezu unersetzliche Gewinn der Kriegserlebnisse und des Schuldgefühls. Was bleibt, wenn alles versinkt? Le Forts Antwort auf diese Frage ist eindeutig und klar:

> »Gott bleibt, Christus, der Herr der Kirche bleibt bei uns, selbst wenn alle sichtbaren Zeichen seiner Gnade, alle äußeren Zeichen seines Reiches schwinden. Ich kann Ihnen nicht aussprechen, welchen Trost diese Gewißheit bedeutet, wenn man im Angesicht des

> Weltunterganges steht. (...) Wie die Nacht erst für das Licht aufschließt, wie das Erlebnis eines entchristlichten Volkes erst die ganze Herrlichkeit Christi erkennen lehrt, so bedeutet auch das Erlebnis der hemmungslosen Bosheit ein neues Verhältnis zur Liebe, ich möchte fast sagen: eine ganz neue Liebe zur Liebe« (WN, S. 19-20).

Le Fort rechnet also zum Gewinn aus dieser Zeit vor allem ein neues Verständnis dafür, was »christliche Liebe« eigentlich bedeutet, nämlich die ganze Fragwürdigkeit und Abgründigkeit des Menschen zu kennen und ihn dennoch zu lieben; um diese christliche Liebe hat sie dann am Schluß ihres Vortrags für ihr eigenes Volk gebeten.
Einer solchen Liebe und deren Überwindung des Bösen hat le Fort einen Großteil der Erzählungen und Geschichten gewidmet, die sie nach dem Krieg und bis zu ihrem Tode noch schreiben sollte. Schon vor Kriegsende hatte sie die im vorigen Kapitel erwähnte Erzählung DAS GERICHT DES MEERES geschrieben, deren erste Auflage jedoch gleich nach dem Druck fast vollständig bei einem Bombenangriff auf Leipzig 1943 verbrannte.
Der erst 1950 wieder veröffentlichten Erzählung liegt die bretonische Sage von der Todesfrau zugrunde, die den untergehenden Schiffern die Wiegenlieder ihrer Mütter singt. König Johann von England hat die Bretagne verwüstet und den jungen Herzog, der in seine Hände fiel, ermordet. Während die königlichen Schiffe zurück nach Cornwall segeln, wird auf einmal das Meer ganz still, so daß man weder zurück noch vorwärts kommen kann. In dieser Windstille verfällt der kleine Sohn des Königspaares der Schlaflosigkeit. Nach vergeblichen Mühen der Ärzte holt man die an Bord befindliche Anne de Vitré, eine Bretonin, die das (tödliche) Bretonische Schlummerlied noch kennt. Anne hatte ihr Leben für den jungen Herzog geopfert und war für ihn als Geisel in die Gefan-

genschaft gegangen, ohne zu wissen, daß er schon ermordet war; sie singt den kleinen Knaben in Schlaf und weiß, daß der Junge sterben wird, wenn sie das Lied zu Ende singt. Sie weigert sich dies zu tun und die Rache für ihren Herzog auf ihr Gewissen zu nehmen: »Eine Frau kann sich doch nicht zum Werkzeug des Todes hergeben, eine Frau ist doch dazu da, Leben zu schenken.« Die Bretonen pflegten in Streitfällen das Meer um sein Urteil zu befragen. Anne hatte es befragt, und es hatte ihr die Vollstreckung seines Urteils anvertraut: Das Meer sandte sein kaltes, gerechtes Licht herauf, um sein Opfer zu fordern. Sie kann aber den Spruch dieses Gerichts nicht vollziehen: »Sie fühlte, daß sie vor dem Meere schuldig war, allein sie fühlte keine Reue. Es war ihr, als sei sie einem anderen Richter unterworfen, allmächtig wie das Meer, heilig wie das Meer, aber nicht nur gerecht wie jenes, sondern auch erbarmend wie ihr eigenes Herz.« Das Meer fordert Anne zum zweiten Mal vor sein Gericht der Gerechtigkeit, weil sie sein Urteil am Kind nicht vollzogen hatte, aber ihre Mütterlichkeit übt Erbarmen an dem Kleinen und Schwachen und schenkt ihm das Leben. Der heidnische Budoc, der die Gerechtigkeit des Meeres vertritt und der Anne aufgefordert hatte, das Lied zu Ende zu singen, fordert nun von ihr die Sühne der Gerechtigkeit: »Kindlich gläubig neigte sie ihr Haupt«, und wird ins Meer gestürzt.

Den beiden während des Krieges entstandenen Novellen DIE CONSOLATA und DAS GERICHT DES MEERES folgten bald zwei Erzählungen, die ebenfalls durch Zeitereignisse angeregt wurden. Der Band GELÖSCHTE KERZEN, der 1953 veröffentlicht wurde und dessen Titel sich bildlich auf die Opfer des Krieges bezieht, enthielt die zwei Erzählungen DIE VERFEMTE und DIE UNSCHULDIGEN. In beiden Geschichten sind es typischerweise Frauen, die die Handlung bestimmen und ein christlich-humanistisches Zeugnis ablegen. Während die erste Erzählung das Vertriebenwerden und die Heimatlosigkeit behandelt, ist die zweite dem Andenken der toten Kinder des Krieges gewidmet. Anfang der fünfziger Jahre berichteten die Zeitungen über die Greuel in Oradour, einer französischen Stadt, die als Vergeltungsmaßnahme gegen Partisanentätigkeit eingeäschert worden war, wobei sämtliche Einwohner und auch die Kinder getötet wurden. In DIE UNSCHULDIGEN lebt eine Witwe, deren Richtschnur Religion und Gerechtigkeit sind, auf dem Lande mit ihrem etwa zwölfjährigen Sohn. Ihr Mann ist aus dem Krieg nicht zurückgekehrt, weil er sich, wie der Leser im Lauf der Darstellung erfährt, erschossen hatte, um nicht Befehle gegen Recht und Sitte ausführen zu müssen. Jetzt umwirbt der Schwager die Witwe, der ähnlichen Befehlen ohne Hemmung nachgekommen war. Le Forts Erzählung schildert, wie der Junge, der dem Bewerber seiner Mutter mißtrauisch gegenübersteht, die Heirat der Mutter vereitelt und sogar der Anlaß dafür ist, daß der Onkel sich selbst dem Gericht stellt.

Besonders hervorgehoben werden aber Stellung und Einstellung der Frau in der ersten Geschichte, DIE VERFEMTE, die man fast als eine Verherrlichung der Mütterlichkeit bezeichnen könnte. Le Forts Geschichte ist eine Rahmenerzählung im doppelten Sinne. Aus den Bildern der Ahnenreihe derer von Golzow war eines aus seinem Rahmen geschnitten worden, nämlich das Porträt der Anna Elisabeth, eben jener Verfemten. Der Dichterin, die noch ein junges Mädchen ist, wird berichtet, es handele sich um eine Vorfahrin, die zur Zeit des Großen Kurfürsten durch Rettung eines Schweden, also eines Feindes, bald nach der Schlacht von Fehrbellin Hochverrat begangen hätte. Nach dieser Schlacht rettete sich nämlich ein fliehender junger schwedischer Offizier auf den Gutshof von Golzow, und zwar direkt vor die Füße der schwangeren Anna Elisabeth, deren Mann vor einigen Monaten im Schwedenkrieg gefallen war. Die Gutsleute wollen den schwedischen Kornett sofort erschlagen, aber der Schwede, der in Anna Elisabeth die werdende Mutter sieht, fleht sie um Rettung an. Es ist das erste Mal, daß jemand sie mit »Mutter« anspricht; so schickt die Gutsherrin die Dienstboten fort und nimmt den Jungen in ihren Schutz. Anna Elisabeth erlaubt ihm, sich auszuruhen, führt ihn nachts selbst auf einem Steg durch das lebensgefährliche Moor, den nur die Einheimischen kennen, bis er schwedische Lagerfeuer sieht und sich retten kann. Dem Feind, also einem von denen, die ihr den Gatten ermordet hatten, sagt sie: »Gott segne auch Euch – Ihr waret der erste, der mich Mutter nannte.« Im Morgengrauen kehrt sie zurück und gibt bald einem gesunden Knaben das Leben. Wie Anne de Vitré von einer verständnislosen Welt die Qual des Ertrinkens zugedacht wurde, so der Anna Elisabeth die Qual des »Verfemtseins«, aber lieber wollte sie sich ausgelöscht wissen, als daß sie nach der Anweisung dieser »wirklichen Welt« und ihrem Verständnis von Gerechtigkeit gehandelt hätte. Gegen Ende der Novelle wächst die Vergangenheit in die Gegenwart und damit die Erzählung in ihren Rahmen:

> »Wir denken heute ganz anders über Anna Elisabeth«, fügen die von Golzow hinzu, »auch sie hat zu uns gehört, und obwohl wir sie verstießen, hat sie uns die Treue gehalten. Denn auch sie war ein echtes Kind unserer Heimat und ein Teil von deren Kraft – jener weiblich-mütterlichen, auf den die hochmütige Weltgeschichte sich nur ungern zu besinnen pflegt, und der doch in einem jeden Volk das zutiefst Tragende ist: die Hälfte alles Seins, der Schoß des Lebens, sein erster Aufbruch und sein letzter Fortbestand, das nicht Besiegbare –. »Du meinst das Menschliche überhaupt?« fragte ich tastend. Sie erwiderte: Ja, das meine ich, denn mit dem Mütterlichen fängt es schließlich an und, o wie grausig ist die Weltgeschichte, die

es immer wieder verrät! ... Aber das Menschliche ist trotzdem das einzige, das über die Furchtbarkeit der Weltgeschichte triumphieren kann, und darum hat Anna Elisabeths ausgelöschtes Antlitz zuletzt doch alle unsere Untergänge überdauert.«

Solchen »Verfemten«, solchen »Außenseitern« in Gestalt der damals vertriebenen Deutschen, schenkte le Fort ihr dichterisches Mitgefühl auch in den späten vierziger und in den frühen fünfziger Jahren. DEN HEIMATLOSEN, ein Sonderdruck zugunsten der Flüchtlinge erschien 1950. Viele Gedichte dieser Zeit waren auch den zerstörten Städten Deutschlands und den zerstörten Kathedralen Europas gewidmet. In einem sich im Marbacher Nachlaß befindlichen, im Frühjahr 1955 verfaßten und bisher unveröffentlichten Gedicht verbindet le Fort das Los der Heimatlosen mit dem des Dichters:

Wer aber wird in Zukunft dem Dichter lauschen,
Dem Überlebenden aus längst verleuchteten Tagen,
Da der Minute noch Raum gegönnt war, um Ewigkeiten zu fassen?
Wer wird dem Fernhergewanderten Obdach gewähren?
Ist doch der Herbergsraum der erkalteten Herzen
Eng geworden und kahl wie die armsel'gen Baracken,
Die man den Heimatvertrieb'nen in Eile errichtet.
Und wer hat Zeit für die nutzlosen Kinder der Muse?
Zeit ist doch Geld –
wer zahlt die vergeudete Stunde?
Arbeit ist unser Gesang und das stolze Gebot unsrer Hände!

Ähnlich der Novelle DIE VERFEMTE erweist sich schon mit dem ersten Satz die 1954 veröffentlichte, meisterhafte

Erzählung AM TOR DES HIMMELS als eine Rahmenerzählung: »In dem Familienarchiv meiner mütterlichen Verwandten befand sich ein merkwürdiges altes Dokument, von dem niemand wußte, wie es eigentlich dorthin gekommen war und in welchem Zusammenhang es mit der Familie stand.« Obwohl diese Erzählung von einer für le Fort durchaus typischen Begebenheit handelt – von einer religiösen Krise als dem Entscheidendsten im Leben eines Helden – gilt die Novelle für viele Kritiker als le Forts sprachlich gelungenste und thematisch kühnste Errungenschaft.

In dem seltsamen alten Dokument sind die Namen der Hauptpersonen fortgelassen. In den letzten Tagen des Zweiten Weltkrieges fährt die junge Ich-Erzählerin mit dem Dokument zu einer Verwandten, wo sie einen gleichaltrigen Doktor der Naturwissenschaften trifft, der ihr bei der Sichtung des Archivs und besonders des vorliegenden Dokuments behilflich sein soll. Die fehlenden Namen lassen sich leicht ergänzen: man erkennt, daß es sich um Galilei und Personen aus seiner Umgebung handelt. Im Boden seines Hauses – so wird im »Galileischen Dokument« erzählt – hat er Instrumente eingebaut, mit denen er die Sternenwelt erforscht. Er umgibt sich mit einer Schar wißbegieriger, ihn verehrender junger Menschen. Unter ihnen ist ein Schüler, der ein für den Meister erglühendes junges Mädchen namens Diana liebt. Diana fürchtet für Galilei das Einschreiten der Kirche, weil sein Eintreten für das Kopernikanische Weltbild ihrer offiziellen Anschauung widerspricht. In der Tat wird der Meister eines Tages vor das Inquisitionstribunal geladen. Diana hat einen Onkel in Rom, der Kardinal ist und sie nach Rom beruft, während die anderen Schüler den Befehl erhalten, sich zu zerstreuen. Der Liebende aber führt diesen Befehl nicht aus und folgt dem Wagen Dianas nach Rom. Unterwegs rettet er dann Diana bei einem Überfall aus schwerer Gefahr, was ihm das Wohlwollen des Kar-

dinals sichert; dieser nimmt ihn daraufhin auf und schützt ihn. Im Gewand eines Priesters gelingt es ihm, der Verhandlung gegen Galilei als Zuhörer beizuwohnen.
Der Meister scheint wegen seiner anscheinend gegen die Heilige Schrift verstoßenden Lehre verloren zu sein, und als man ihn am Schluß fragt, ob er widerrufen möchte, tut er dies. Nun heißt es aber in den Aufzeichnungen des Schülers, im Galileischen Dokument also, Galilei habe nicht mit Angst und Zittern abgeschworen, sondern »im Triumph, und im ganzen Saal ist niemand gewesen, der nicht verstanden hätte, daß da ein Mensch seinen Richtern nicht die Ehre antun wollte, sie zu widerlegen, sondern daß er ihnen gleichsam ihren Verrat der Wahrheit mit dem seinen zurückzahlte«. Galilei wußte im Innern, daß seine Wissenschaft in Zukunft als Sieger hervorgehen würde: Ob die Kirche sie verurteilte oder ob er selbst sie widerriefe, das sei gleichgültig, denn diese Wissenschaft sei unantastbar und unaufhaltsam. Am Schluß der Rahmenerzählung meldet sich wieder die Gegenwart, die Aktualität der Geschichte. Es gibt Fliegeralarm und die Bomben fallen. Das alte Dokument, das aus den Bombennächten gerettet werden sollte, geht in Flammen auf. Für die Ich-Erzählerin und für den Naturwissenschaftler, der sich der Atomforschung widmet, erhebt sich der Gedanke an die Möglichkeit Gottes:

> »Sie sind so schweigsam – denken Sie noch immer über Gott nach?« fragte er leichthin. Ich mußte mich zu einem Wort entschließen: »Ich denke daran, wie sich Diana einst am Tor des Himmels fürchtete, weil Gott nicht mehr im All zu finden sei, und ich glaube, heute fürchten Sie sich davor, daß Sie ihn wiederfinden könnten.« Er zögerte einen Augenblick mit der Antwort, dann wechselte er plötzlich den Ton – zum ersten Mal! War auch dieser Ton nur eine Art Vermummung gewesen? Die letzte Maske fiel – »Ja,« sagte

er freimütig, »vielleicht ist es so: wir fürchten uns, denn wir stehen überall an den äußersten Grenzen, und wenn wir wieder zu Gott fänden, dann könnten wir ihn nicht mehr in unsere Kausalitätsgesetze einschließen – dann würde es ein Gott sein, der wirklich etwas zu sagen hätte. Aber einstweilen ist es noch nicht soweit, also nützen wir unsere Freiheit!« Er schüttelte mir kameradschaftlich die Hand, dann sprang der Motor an, und der Wagen rollte. – Ich blickte ihm nach, bis der letzte Laut verhallt war. Ja, Gott mußte wieder etwas zu sagen haben, auch bei mir. Wir standen im Grunde vor der gleichen Entscheidung. Wie würde sie ausfallen?«

Es ist sicher kein Zufall, daß kaum zehn Jahre Bert Brechts Drama LEBEN DES GALILEI (Erstaufführung 1943) und le Forts Novelle trennen. Brecht arbeitete an seinem Galilei-Stück im dänischen Exil, sobald er die Nachricht erhielt, daß Otto Hahn und seine Mitarbeiter das Atom gespalten hatten. Bald nach Kriegsende hatte le Fort begonnen, sich mit den von Naturwissenschaft und Technik aufgeworfenen Problemen auseinanderzusetzen. Wie sie in ihren AUFZEICHNUNGEN erklärt, war ihre Anregung dazu das 1948 veröffentlichte Buch von Hans Zehrer, DER MENSCH IN DIESER WELT, von dem sie sehr beeindruckt war: »Sein Verfasser macht reinen Tisch mit allen Illusionen – er bekennt sich zu der Überzeugung, daß wir am Ende einer Entwicklung stehen (...)«. Das Drama Brechts und die Novelle le Forts gehen von der gemeinsamen Frage aus: Lassen sich technischer Fortschritt und Bewahrung des Menschlichen miteinander vereinbaren? Außerdem erhebt sich die Frage: Hat nicht die Wissenschaft dazu geführt, unsere Vorstellungen von Gott und unser Vertrauen auf die Kirche aufs Schwerste zu erschüttern? Es scheint, als ob sich beide Autoren – der Atheist Brecht und die Christin le Fort – in ihrem »Ja« als Antwort auf die letzte Frage einig wären. Was aber die technischen Fortschritte für den christlichen Glauben anbelangen, liegt es ganz im Sinne Gertruds von le Fort, wenn der Kardinal in AM TOR DES HIMMELS auf eine neue Generation hofft, von der diese Fortschritte nicht mehr als glaubensgefährlich empfunden werden, denn »wenn der Glaube an Gott erloschen ist, wird sich der Mensch vor nichts mehr fürchten«. In beiden Werken, dem Drama Brechts und der Novelle le Forts, wird festgestellt, daß die Kirche Unrecht hatte in ihrem Versuch, die Entwicklungen in den Naturwissenschaften vor den Menschen zu verbergen. Bei Brecht aber impliziert diese Feststellung fast auf demagogische Weise, daß es zwischen Glauben und Wissen einen klaren Gegensatz gibt, während der Leser bei le Fort spürt, daß dieser historisch nicht zu leugnende Fehltritt der Kirche eine bedauerliche Verblassung und Entkräftung des Gottesbegriffs verursachte.

Le Fort hat sich zu diesem Thema in ihrem erstmals 1959 veröffentlichten Aufsatz DIE FRAU UND DIE TECHNIK (WG, 27–41) ausführlich geäußert. Es ist ihr Anliegen in diesem Aufsatz, die Frage zu beantworten, ob der zeitgenössische Mensch, der uns »dieses großartige Geschenk« der ungeahnten technologischen Fortschritte darbietet, dem auch gewachsen sei. »Gewachsen« hat hier nichts mit der Beherrschung der jeweiligen Methoden und Apparaturen zu tun, sondern bezieht sich auf Lebenstempo und mitmenschliche Prioritäten: »Sind die Kräfte, die die Technik freigemacht hat, unserem höheren Leben gewidmet oder etwa nur dem atemlosen Geldverdienen?« Le Fort hat auch andere Bedenken in bezug auf die jetzige Technik. Sie hat z.B. Angst, daß der technische Fortschritt unvermeidlich die Umwelt vernichten wird, oder daß in dem Menschen heute eine Herzenskälte entstehen wird aus dem zunehmenden täglichen Umgang mit Maschinen und Computern, statt mit Menschen. Und schließlich drückt le Fort ihr großes Unbehagen darüber aus, daß der Mensch in diesem atomaren Zeitalter sogar die Macht hat, sich selbst zu vernichten:

> »Dieselbe Technik, die ihm soviel Mühsal abgenommen hat, sie zeigt sich auch bereit, ihn zu vernichten: durch die Erfindung der Atomwaffe wird blitzartig klar, wohin der Weg einer geistig und menschlich nicht bewältigten Technik führt – die bloße Zurückdrängung des Lebens wird zur Todesdrohung für die lebende und für die kommende Generation. Und nun gilt es, den Menschen, aber auch sein viel bewundertes Kind, die Technik selbst, zu retten.« (WG)

Le Fort will also nicht, daß die technologische Entwicklung rückgängig gemacht wird, was ohnehin unmöglich wäre. Statt dessen plädiert die Dichterin für den Versuch, die Technik zu beherrschen, und hier wendet sie sich an die Frau und ihre besondere Rolle bei der vielleicht möglichen Beherrschung der Technik, denn die Frau »ist enger mit der Weltseele und den Urwesenheiten verbunden« als der Mann, der eher auf Materialismus, Machtstreben und Vorteil eingestellt ist: »Der moderne Krieg als die letzte furchtbarste Ausgeburt des technischen Zeitalters wird nicht durch erhöhte Technik überwunden, sondern durch das kreatürliche Erbarmen«, das nur durch die Wachsamkeit und politische Anteilnahme der Frau gesichert werden kann. Nur die engagierte moderne Frau kann, in den Worten le Forts, die Garantie dafür sein, daß das Maschinenherz nie das Menschenherz ersetzt, denn »Maschinen können weder dichten noch beten noch können sie lieben«. (WG)
Es waren aber trotz dieser Hochschätzung der Frau keinesfalls nur Frauen, die zu dieser Zeit le Forts essayistische und dichterische Beiträge hochachteten und dazu beitrugen, daß der Ruhm der Dichterin durch Lob und Auszeichnungen rasch und international gestiegen ist. Mit

Hermann Hesse war le Fort bereits vor dem Zweiten Weltkrieg brieflich in Kontakt. Schon 1935 hatte Hesse in *Bonniers Litterära Magasin* auf le Forts Roman DAS SCHWEISSTUCH DER VERONIKA aufmerksam gemacht, und 1947 besuchte sie ihn dann zum erstenmal in Montagnola. Am 2. März 1949 schlug Hesse Gertrud von le Fort für den Nobelpreis vor mit diesen Worten: »Man kann sie in gewissem Sinne Frau Undset an die Seite stellen: Katholikin, Meisterin der geschichtlichen und auch der mythischen Erzählung, zugleich innerhalb des Hitlerschen Deutschland wohl die wertvollste, begabteste Vertreterin der intellektuellen und religiösen Widerstandsbewegung. Als Vertreterin menschlich christlicher Gesinnung ist sie Frau Undset gleichwertig, als Dichterin stelle ich sie noch höher.« Den Nobelpreis hat le Fort nicht erhalten, aber Hesse und le Fort blieben im engen Kontakt bis zum Tod des Dichters im Jahre 1962. Zu Ostern 1962 schrieb Hesse noch an le Fort: »Immer war ich (...) mit Ihnen und Ihrem Werk verbunden. Wie oft habe ich in diesen Jahren die Mappe durchblättert, in der ich alle Briefe, Zeichnungen und Schriften aufbewahre, die Sie mir schenkten.« Mit der von Hesse erwähnten, großen norwegischen Dichterin Sigrid Undset stand le Fort auch in Verbindung. Schließlich fand Undset für le Fort einen norwegischen Verleger, weil sie von le Forts DER PAPST AUS DEM GHETTO so angetan war.
Die Anerkennung und Wertschätzung vieler deutscher und europäischer Dichter genoß le Fort besonders nach dem Zweiten Weltkrieg, vor allem als ihre Bücher nun auch in größerem Umfang übersetzt wurden. Reinhold Schneider und le Fort lernten sich 1939 in Paris kennen und erhielten 1948 zusammen den Droste-Preis in Meersburg. Als Schneider wegen seiner Beziehungen und Reisen zu den Menschen in der damaligen DDR des Liebäugelns mit dem Kommunismus verdächtigt wurde und von vielen – auch von der Kirche – mißverstanden wurde, verteidigte

ihn Gertrud von le Fort. Die Verbindung blieb bis zu seinem Tode bestehen. Mit Hans Carossa, Albrecht Goes, Werner Bergengruen, Elisabeth Langgässer und manchen anderen bestanden freundschaftliche Beziehungen. Mit Carl Zuckmayer und dessen Mutter stand le Fort in besonders enger Verbindung. Zuckmayer wechselte viele Briefe mit le Fort, besuchte sie häufig in Oberstdorf und führte dort mit ihr stundenlange, beide beglückende Gespräche. In seiner 1966 veröffentlichten Autobiographie ALS WÄRS EIN STÜCK VON MIR nennt Zuckmayer le Fort »die größte Dichterin der Transzendenz in unserer Zeit«, und in seiner zu le Forts 90. Geburtstag verfaßten Laudatio schrieb Zuckmayer eine besonders treffende Huldigung des dichterischen Talents Gertrud von le Forts:

> »Unter den großen Erscheinungen, welche die Literatur und die Dichtung des Jahrhunderts kennzeichnen, steht Gertrud von le Fort als eine einzigartige Gestalt. (...) Klarheit und Zucht beherrschen ihren schöpferischen Impuls, der ebenso sehr in der Anschauung einer göttlich bestimmten Welt wie in der Liebesgewalt eines brennenden Herzens wurzelt (...) Sie ist nicht, wie es Else Lasker-Schüler war, die Harfnerin einer traumdurchrauschten Seele, sie ist, bei aller Zartheit und Zärtlichkeit ihrer Weltumfassung, eine Streiterin für das ewige Recht, für die ewige Ordnung, für die geheime Schönheit und Harmonie der Welt. Sie weiß um alle Disharmonie des menschlichen Daseins, um die teuflischen Mächte, die uns bedrohen und versuchen, sie weiß um die Schwäche, die Angst, das Versagen und den Zweifel (...) Gertrud von le Fort schwärmt nicht, auch wenn sie das Mysterium der Gottesstimme besingt. Sie erkennt den Tag, in dem wir leben, mit starkem Auge und begegnet ihm mit gewappneter Stirn.«

Nur wenigen Autoren gelingt es, schon zu Lebzeiten mit anspruchsvollen Werken den Beifall der Kritik sowie den deutlichen Erfolg bei einer großen Leserschaft zu gewinnen. Gertrud von le Fort gehört nicht nur zu dieser Minorität, sondern auch zu dem äußerst kleinen Kreis von Autoren, die fortwährend nach ihrem Tode gelesen und gedruckt werden. Die erste große literarische Ehre wurde le Fort am 31. Juli **1947** erwiesen, als ihr der Münchner Literaturpreis verliehen wurde; danach häuften sich bald solche Auszeichnungen. Unter den wichtigsten Verleihungen und Ehren sind zu erwähnen: **1948**, ordentliches Mitglied der Bayerischen Akademie der Schönen Künste; **1950**, ordentliches Mitglied der Deutschen Akademie für Sprache und Dichtung und Mitherausgeberin der Zeitschrift *Das literarische Deutschland* ; **1952**, Verleihung des Gottfried-Keller-Preises in Genf; **1953**, am 18. August erhält le Fort das Große Verdienstkreuz der Bundesrepublik Deutschland; **1956**, am 12. Juni wird die Dichterin Dr. theol. h.c. der Universität München; **1959**, am 3. Juli erhält le Fort den Bayerischen Staatspreis und wird mit dem Bayerischen Verdienstorden ausgezeichnet; **1966**, zum 90. Geburtstag Überreichung des Großen Bundesverdienstkreuzes mit Stern durch Ministerpräsident Alfons Goppel, sowie Verleihung der Ehrenbürgermedaille von Oberstdorf; **1975**, anläßlich des Jahres der Frau gibt die Deutsche Bundespost eine 70-Pfennig-Briefmarke mit dem Kopf Gertrud von le Forts heraus.
Unter den vielen Ehren, die le Fort zu Lebzeiten erhalten hat, schätzte die Dichterin besonders – so berichtet le Forts letzte Sekretärin, Eleonore von La Chevallerie – den Gottfried-Keller-Preis und das Ehrendoktorat der katholisch-theologischen Fakultät der Universität München. In seiner Rede zur Überreichung der Ehrendoktorurkunde betonte der Rektor der Universität, Prof. Dr. Melchior Westhus, die Tatsache, daß le Fort in erster Linie eine Dichterin sei, die den Mitmenschen durch ihre im echten

christlichen Humanismus wurzelnden Werke geistige, heilsame Nahrung in kranken Zeiten ständig angeboten habe. In ihren Dankesworten hatte die immer ökumenisch eingestellte le Fort den Mut und die Aufrichtigkeit, vor allem ihrem theologischen Mentor Ernst Troeltsch zu danken, denn, in den Worten der Prinzessin aus Goethes TASSO: »Und was man ist, das blieb man andren schuldig«.

In der Prosa ihrer letzten Jahre hat le Fort die im Aufsatz DIE FRAU UND DIE TECHNIK hervorgehobene Stellung der Frau, das »weibliche Element« noch weiter hervortreten lassen. In dem ursprünglich für den Schweizer Rundfunk geschriebenen Essay PLAUDEREI ÜBER DICHTUNG artikuliert le Fort den Grund für diese dichterische Absicht:

> »Ich habe in zwei Weltkriegen von unerhörter Grausamkeit die Überbetonung der männlichen Kräfte erlebt und bin mit dem großen russischen Philosophen Berdjajew der Ansicht, daß die Frau in Zukunft eine größere Bedeutung gewinnen muß. Die Frau ist ihrem ganzen Sein nach die Trägerin und Beschützerin des Lebens, und heute gilt es wie noch nie, das Leben zu beschützen: nicht nur den Menschen, sondern auch Tier und Pflanze, ja die ganze Schöpfung! Das Hervortreten der Frau in meiner Dichtung hat denn auch nichts mit vordergründigen Frauenproblemen zu tun – es geht um etwas viel Tieferes und Allgemeineres. Es geht – mit einem Wort – um das Vertrauen auch auf die verhüllten Kräfte. Von daher ist in meinem Buch DIE TOCHTER FARINATAS die kleine machtlose Bice zu verstehen, die ihre Vaterstadt rettet. Von daher ist Anne de Vitré zu verstehen, die, den Haß ihres Volkes überwindend, dem Kind des Feindes das Leben schenkt. Von daher gesellt sich ihnen die »Verfemte« zu, die junge brandenburgische Witwe, die dem

schwedischen Kornett den Weg über das Moor zeigt.« (WG, S. 78–79).

Die in diesem Zitat erwähnte Erzählung DIE TOCHTER FARINATAS wurde schon 1940 im Insel-Almanach veröffentlicht und erschien später in der Sammlung VIER ERZÄHLUNGEN (1950). 1960 begann le Fort an einer anderen, fast prototypischen Tochter-Gestalt zu arbeiten, und diese Erzählung wurde als DIE TOCHTER JEPHTAS 1964 veröffentlicht. Die Anregung dazu war für le Fort der Fall Adolf Eichmanns, der 1960 in Südamerika gefangengenommen worden war, und dessen Prozeß 1961 in Jerusalem stattgefunden hatte. Durch diesen Prozeß wurden erneut in aller Welt die Greueltaten in den Konzentrationslagern erörtert. Für die Dichterin war dies der Anlaß, sich wieder der Geschichte der Juden zuzuwenden. Die Frage 'Wie konnte dies alles geschehen?' führte zu Essays, die sich mit dem Problem des Bösen überhaupt auseinandersetzten, sowie zu Gedichten, die das Schicksal des jüdischen Volkes thematisierten:

Und du Volk mit dem Stern
Uraltes Leben
Verschüttet jahrtausendelang
Im lieblos harten Gefängnis
Fremdlinghaft untergebracht
Bis man den Gast erschlagen –

Was will der Mund
Der den Heiland der Welt bekennt
Wie kann er noch reden –
Können denn Worte nicht sterben
Kann nicht die Klage
Lauter und lauter verstummen
Daß wir erstarrten –

O mein fremder Bruder
Was soll ich euch erbitten –
Gebt mir den Frieden, den ihr selber nicht habt –
Gebt mir den Fluch, den sie euch
Im Munde erstickten –
Gebt mir Erinnern
Daß nie versinkt das Unfaßliche.

(Zitiert nach: GERTRUD VON LE FORT: WIRKEN UND WIRKUNG, Heidelberg 1983, S. 151)

Während le Fort die Legende DIE TOCHTER FARINATAS in das Spanien der Zeit Ferdinands von Aragonien und Isabellas der Katholischen verlegte – »das einzige Werk, das in einem nicht von meiner Familie durchwanderten Raum spielt« –, schrieb sie ebenfalls 1960 eine weitere Geschichte, die 1961 unter dem Titel DAS FREMDE KIND erschien und sich mit Erlebnissen während des Dritten Reiches und mit der Behandlung der Juden auseinandersetzt. Diese von Tragik umwitterte, im 85. Lebensjahr veröffentlichte Novelle, die bereits im biographischen Kontext im zweiten Kapitel dieser Arbeit erwähnt wurde, kann als eine Art dichterisches Resüme für le Fort gelten, denn die wehmütige Ich-Erzählung trägt unverkennbar autobiographische Züge.
Das Geschehen in der Erzählung DAS FREMDE KIND reicht zurück in die Zeit um 1900, in das mecklenburgische Ludwigslust mit seiner bunten Feudalwelt, deren Hoffesten, Gewohnheiten und Zwängen. Geschildert wird nicht nur der Zauber, sondern auch das Ende dieses Land- und Hoflebens vor dem Ersten Weltkrieg, nach dem Krieg und während des Aufkommens des Nationalsozialismus. Die Probleme dieser schweren Jahre sowie der moralische Untergang der meisten Angehörigen der alten Adelsgesellschaft bzw. ihre allmähliche Konversion zu den neuen faschistischen Machthabern wird schonungslos beschrieben. Das wird vor allem deutlich durch die Gestalt

Jeskows, der ein junkerlicher Vetter der Erzählerin ist. Er liebt das »Gläschen« genannte Fräulein Caritas von Glas, ein jede Kreatur bemitleidendes und ganz ohne Vorurteile sich benehmendes Mädchen, dessen Nichtbeachten jeglicher Konvention sie jedoch Jeskow wieder entfremdet. Jeskow zieht in den Ersten Weltkrieg und kommt bedrückt und geschlagen nach Hause; erst als der »Führer« an die Macht kommt, gewinnt er sein altes Selbstbewußtsein wieder: »Jeskow trug jetzt die elegante schwarze Uniform der SS, bei der er Dienst tat. Sie stand ihm noch viel besser zu Gesicht als einst das himmelblaue Tuch der Dragoner – er sah einfach brillant aus. Sein ganzes Wesen war wie getragen von dem Elan einer unbeirrbaren Zuversicht (...).«

Jeskow zieht dann als SS-Offizier in den Zweiten Weltkrieg und kommt abermals gebrochen, diesmal im Rükken schwer verwundet zurück. Erst nach und nach erfährt seine Cousine, was ihm im Krieg widerfahren ist: Er hat grausame Untaten begehen müssen, die Erschießung von Polen und Juden. Jeskow hat nie die moralische Kraft gefunden, sich gegen solche Barbareien aufzulehnen, bis er eines Tages in die flehenden Augen eines sich vor dem Tode fürchtenden Kindes blickt; in diesem Moment fällt seine ganze Hingabe an das System von ihm ab. Dem Vater Jeskows, einer gütigen, an le Forts mütterlichen Onkel Egon von Wedel-Parlow (gest. 1938) erinnernden Gestalt namens Hasso, waren die Nationalsozialisten schon von Anfang an zuwider: »'Unser Herrgott wird mit allem fertig, auch mit diesem Hitler', pflegte er zu sagen.«

Das Wesentliche ereignet sich im letzten Teil der Novelle. Unerwartet erscheint Gläschen eines Tages und bringt ein jüdisches Mädchen namens Esther mit, das ihr von seiner ins KZ verschleppten Mutter übergeben worden war. Gläschen wohnt aber bei dem fanatischsten Nazi der ganzen Ortschaft, dem bösartigen Wirt Klitsch, der das Kind fortschicken will. Jeskow setzt sich für das Kind ein und als SS-Offizier befiehlt er dem Wirt, Esther in Ruhe zu lassen. Die ehemalige Geliebte und der jetzt wegen Lähmung im Rollstuhl sitzende Jeskow finden zueinander, und das Kind hängt sehr an ihm. Eines Tages wird Gläschen in der Abenddämmerung im Schloßpark durch eine Kugel getroffen: »Wir hörten aus der Ferne die Kinder singen, dann verloren sich die Töne in der abendlichen Stille – den Schuß, der die angebliche Selbstmörderin niederstreckte, hörten wir nicht mehr.« Esther kommt nach dem rätselhaften Tode Gläschens in Jeskows Haus und wird sein ganzer Lebensinhalt. Der Krieg geht zu Ende, und eines Tages kommt die Mutter Esthers, die wider Erwarten die Zeit im KZ doch überlebt hat. Die Kleine will zunächst nicht zu der ihr fremd gewordenen Frau, aber auf Zureden Jeskows geht sie dann doch mit ihr. Das fast unmenschlich schwere Opfer der Trennung von Esther ist in den Augen der Ich-Erzählerin für Jeskow die Sühne für seine früheren Verbrechen; er selbst kann sich nie vergeben. DAS FREMDE KIND schließt mit einer warnend-beschwörenden Betrachtung: »Die Welt hat unsrem Volk nicht vergeben, und das ist ganz in der Ordnung, wiewohl nicht besonders wichtig – wichtig ist nur, daß unser Volk sich selbst nicht vergeben hat und auch nicht vergeben darf, daß es aber eine stellvertretende Gnade gibt, an die Jeskow nicht zu glauben vermochte (...).«

Ein Motiv in der Thematik dieser Novelle, nämlich schuldhaftes Schweigen zu offenkundigen Verbrechen, findet ein literarisches Echo in etlichen Werken le Forts, sowie in der deutschen Literatur dieser Jahre überhaupt: Albrecht Goes' DAS BRANDOPFER (1954), Max Frischs ANDORRA (1961), und Rolf Hochhuths DER STELLVERTRETER (1963) sind einschlägige Beispiele dafür. Das Schweigen der Kirche bzw. des Papstes zu den Judenverfolgungen hat le Fort aber anders gesehen als Hochhuth, dessen Stellvertreter sie 1967 mit der Legende DAS SCHWEIGEN («Dem

Andenken Papst Pius XII. gewidmet«) beantwortete, die sie in die Zeit der römischen Geschlechterkriege verlegte. Le Fort litt sehr unter der durch ihr geliebtes Vaterland begangenen Schuld, auch der umstrittenen These von der »kollektiven Schuld« stand sie nicht ganz ablehnend gegenüber; daß aber Eugenio Pacelli als Papst wegen seines Schweigens auch moralisch an den im Zweiten Weltkrieg begangenen Verbrechen schuldig sei, diese Behauptung empfand die Dichterin als zutiefst ungerecht und uninformiert.

Trotz ihrer schwachen Gesundheit und ihres hohen Alters behielt Gertrud von le Fort fast bis in ihre letzten Tage ihre geistige Frische und interessierte sich eifrig für die Tagesfragen. 1966 gab sie noch für die Schülerzeitschrift *Der Wecker* des Gymnasiums Oberstdorf ein Interview mit Schülern, in dem die Dichterin gefragt wurde: »Wie sehen Sie die Jugend und was haben Sie ihr zu sagen?« Le Forts Antwort auf diese Frage ist zugleich typisch und zusammenfassend für die in ihren Essays und Werken vertretene Lebenshaltung:

> »Ich finde die heutige Jugend gar nicht so besorgniserregend, wie man mancherorten meint. Jugend stellt sich bis zu einem gewissen Grade immer in Opposition zu der vorhergehenden Generation und das nicht ganz mit Unrecht, denn keine Zeit ist absolut, und die Generationen bekämpfen sich nicht nur, sondern sie ergänzen sich auch. (...) Wenn ich von der Jugend um Rat gebeten werde, so möchte ich sie bitten: überschätzt niemals eure verstandesmäßigen Begabungen und Talente – wer solche besitzt, gleicht einem wohlausgerüsteten Schiff, das aber trotzdem zum Scheitern bestimmt ist, wenn nicht Charakter und Herz das Steuer führen. Das eigentliche Glück eures Lebens besteht nicht im beruflichen Erfolg, sondern in

der Fülle der menschlichen und seelischen Vollendung. In demselben Maße, wie sie eurer Generation gelingt oder mißlingt, wird sich nicht nur euer Schicksal, sondern auch das des Abendlandes vollziehen.«

Zu ihrem 90. Geburtstag im Herbst 1966 fanden zu Ehren Gertrud von le Forts eine Reihe von Feierlichkeiten statt, unter denen die Fernsehlaudatio Carl Zuckmayers hervorzuheben ist, eine Rede, in der der Dramatiker seiner Verehrung für ihr Werk und seiner Freundschaft zu ihr warmen Ausdruck verlieh: »Jede Einordnung in eine literarische Kategorie würde der Weite ihres Werkes und ihres Empfindens Unrecht tun, würde Verengung bedeuten. *Katholikos,* das gilt für sie in der ursprünglichen Bedeutung des universalen Glaubens und Bekennens, das Alles und Alle umfaßt. Gott ist für sie keine »Hypothese«, sondern eine absolute Realität, der Inbegriff des Weltganzen, das sich aus der Einheit von Raum und Zeit immer wieder neu gebiert.« (Zitiert nach: GERTRUD VON LE FORT: WIRKEN UND WIRKUNG, a.a.O. S. 220).
Größte Freude und Überraschung brachte für le Fort anläßlich ihres Geburtstages am 11. Oktober ein Telegramm mit dem Segen des Heiligen Vaters aus Rom. Das letzte von Gertrud von le Fort aufgenommene Photo zeigt sie zusammen mit dem bayerischen Ministerpräsidenten Alfons Goppel, der ihr am 13. November 1966 den Stern zum Bundesverdienstkreuz überreichte.
Angeregt im Jahre 1969 durch die Verleihung des Ehrenpreises der Stadt München, beschäftigte sich die dreiundneunzigjährige Dichterin intensiv mit München und seiner Geschichte. Die Schönheit der Stadt wollte sie in einem Werk preisen, dessen Handlung sie aber in das 17. Jahrhundert verlegte. So wurde noch einmal die Geschichte des 17. Jahrhunderts, besonders die des Dreißigjährigen Krieges und vor allem die Stadtgeschichte Münchens studiert, wozu sich le Fort viele Bücher schicken

und von ihrer Sekretärin vorlesen ließ. Auch Friedrich Schillers GESCHICHTE DES DREIßIGJÄHRIGEN KRIEGES wurde noch einmal gelesen. Das Manuskript, das sich GUSTAV ADOLF IN MÜNCHEN nannte, konnte sie nicht fertigschreiben. Gertrud Freiin von le Fort entschlief an Allerheiligen 1971. Nach dem feierlichen Requiem am Freitag, dem 5. November, wurde die Dichterin auf dem Waldfriedhof in Oberstdorf beigesetzt.

Abschließende Bemerkungen

Gertrud von le Fort hat mit den in ihrem Werk vertretenen Prinzipien – religiös-christliche Verantwortung, Barmherzigkeit, und humanistische Anteilnahme – großen literarischen Widerhall auf internationaler Ebene hervorgerufen und gefunden. Heute sind ihre Gedichte, Romane, Novellen und Aufsätze jeweils in verschieden Ausgaben und verschiedenen Sprachen zu lesen. 1990 wurden Bücher von Gertrud von le Fort neu verlegt: Von DER PAPST AUS DEM GHETTO erschien die 8. Auflage, von DER KRANZ DER ENGEL die 12. und von dem Roman DAS SCHWEISSTUCH DER VERONIKA sogar die 17. Auflage. Von der besonders folgenreichen Novelle DIE LETZTE AM SCHAFOTT gibt es bislang 30 Auflagen, und allein dieses Werk wurde bereits in mindestens 14 Sprachen übersetzt. Georges Bernanos' aufgrund der Novelle verfaßtes Filmszenario, DIALOGUES DES CARMÉLITES, wurde von dem Dominikaner Raymond Bruckberger für den Film und von Albert Béguin für die Bühne bearbeitet. In der Übersetzung von Eckart Peterich wurde das Stück unter dem Titel DIE BEGNADETE ANGST auch auf deutschen Bühnen aufgeführt. Weitere Bearbeitungen des Stückes sind der Film OPFERGANG EINER NONNE, das vom amerikanischen Autor Emmet Lavery verfaßte Bühnenstück SONG AT THE SCAFFOLD, das auch ins Deutsche übersetzt wurde, und die gleichnamige Oper des französischen Komponisten Francis Poulenc. Über 40 Komponisten haben eine oder mehrere Dichtungen von Gertrud von le Fort vertont; die HYMNEN AN DIE KIRCHE allein wurden bereits vierzehnmal vertont.

Den Auflagenziffern nach sind die Werke le Forts heute fast populärer im Ausland als im deutschen Sprachraum; besonders häufig gelesen wird le Fort in Japan, Polen,

Italien und Korea. Zwischen 1980 und 1990 erschienen Dissertationen über le Fort in englischer, dänischer, französischer, japanischer, italienischer und niederländischer Sprache, und im Herbst 1990 auf der internationalen German-Studies-Association-Tagung in Buffalo, New York wurden Vorträge über die Dichterin gehalten. Gertrud von le Fort scheint also nichts an Aktualität eingebüßt zu haben.

Jede Würdigung des dichterischen Oeuvres der Gertrud von le Fort muß sich auf ihre sinnbildliche Darstellung ewiger christlich-humanistischer Werte beziehen. In ihrem Geleitwort zu Graham Greenes Essays VOM PARADOX DES CHRISTENTUMS (Zürich, 1952) gab die Dichterin folgende Charakteristik einer in ihren Augen echten christlichen Dichtung: Konflikt mit der bürgerlichen Moral, die fälschlich für die christliche gehalten wird; Unabhängigkeit von der Moraltheologie als solcher – »Die Moraltheologie hat es mit dem Reich des Gehorsams zu tun, die Dichtung, wie alles Schöpferische, mit dem Reich der Freiheit« –; Loyalität dem Staat und der Gesellschaft gegenüber; und vor allem Sympathie mit den Schwachen: »Dichtung hat eine unwiderstehliche Neigung, sich der Fragwürdigen, der Angefochtenen, ja der tragisch Gescheiterten anzunehmen.« Das sind mutige, höchst aktuelle Behauptungen; das sind Standpunkte, die beharrlich in ihrer Dichtung durch weibliche Zentralgestalten vertreten und vollzogen werden. Die Ich-Erzählerin der Novelle DIE VERFEMTE spricht durchaus für le Fort selbst, wenn sie behauptet: »Für mich bedeutete es von früh auf einen geradezu unwiderstehlichen Reiz, gegen den Strom zu schwimmen, Angefochtene zu verteidigen und Beargwöhnte herauszustreichen.«

Das Humane, das Menschliche in seiner ganzen Größe und Schwäche, das Versöhnlich-Religiöse: all das tritt dem Leser nicht nur in le Forts Prosa, sondern auch in der

Lyrik, in den Essays und Aphorismen entgegen. Das dichterische Schaffen le Forts zeichnet sich nicht nur durch staunenswerte Produktivität, sondern durch überraschende Geschlossenheit aus. Diese 'Geschlossenheit' weiß zwar Bescheid vom Grauen und von menschlicher Enttäuschung, aber sie gibt trotz dieses Wissens niemals ihre auf Gottesglauben beruhende Hoffnung auf den Sieg der Menschlichkeit auf. Als Erklärung für die anhaltende Anziehungskraft dieser Dichtung braucht man nur auf diese in ihren Werken ständig symbolisierte letzte Überzeugung zu weisen: Das Göttliche in seiner irdischen Erscheinung wird nie ganz aussterben. Es gehörte für Gertrud von le Fort zum Wesen der Dichtung, dieses Bekenntnis zu verkörpern, denn: »Auch im grenzlosen Dunkel unserer eigenen Tage bekennt das Urgesetz der Poesie die adventliche Menschenseele: die ANIMA CHRISTIANA NATURALITER ist es, aus der jede echte Dichtung strömt« (WG 93). Gertrud von le Fort scheute sich nicht, Dichtung als »eine Form der Liebe« zu beschreiben, und ihre Werke mahnen zur Toleranz, zur Überwindung von Haß und Gewalt, und zum Erbarmen statt zu moralischer Verurteilung. Diese humanitäre Botschaft ist nicht veraltet, auch nicht am Ende des 20. Jahrhunderts.

Anmerkungen

[1] Max Scheler, PHILOSOPHISCHE WELTANSCHAUUNG, Bonn 1929, S. 15.

[2] Zitiert nach: Max von Brück, »Thomas Mann im Spätwerk«, in: *Gegenwart* 3. Jg. Nr. 19.

[3] Hans Egon Holthusen, »Die Bewußtseinslage der modernen Literatur«, in: *Merkur*, Heft 17, 1949, S. 684.

[4] Wilhelm Grenzmann, DICHTUNG UND GLAUBE, Bonn 1952 (2., ergänzte Auflage), S. 326.

[5] Gertrud von le Fort, WORAN ICH GLAUBE UND ANDERE ESSAYS, Zürich, 1968, S. 66f (im folgenden **zitiert als WG**).

[6] Gertrud von le Fort, HÄLFTE DES LEBENS, München 1965, S. 74f (im folgenden **zitiert als HL**).

[7] Genealogische Information aus: Nicolas Heinen, GERTRUD VON LE FORT, Luxembourg, 1960 (2. vollständig erneuerte Auflage), S. 50-55.

[8] Diese und andere Gedichte von le Fort erschienen regelmäßig in der Zeitschrift *Jung Deutschland und Jung Elsaß* ab 1893.

[9] Gertrud von le Fort, AUFZEICHNUNGEN UND ERINNERUNGEN, Zürich, 1951, S. 19f (im folgenden **zitiert als AE**).

[10] Aus der Zeitschrift *Die Gartenlaube* Nr. 1, 1906, S. 25.

[11] Marianne Weber, LEBENSERINNERUNGEN, Bremen, 1948, S. 343.

[12] Die Aufzeichnungen, die ab 1965 bis zu ihrem Tode gemacht wurden, befinden sich im Marbacher Nachlaß le Forts unter dem Titel ERINNERUNGEN II. TEIL, Zugangsnummer 73.1704 (im folgenden **zitiert als ET**).

[13] Gertrud von le Fort, DIE KRONE DER FRAU, Zürich: 1959. Darin: »Vom Paradox des Christentums. Vorwort zu dem gleichnamigen Buch von Graham Greene«. Zitat auch in leicht veränderter Form in WG, S. 90f.

[14] Erstveröffentlichung in *Velhagen und Clasings Monatshefte* , Berlin und Leipzig, Nr. 37 Jg. 1922/23. Später in GEDICHTE, Wiesbaden 1947 und München 1970.

[15] Siehe z.B. die Auseinandersetzungen um die Eheauffassungen, in: GERTRUD VON LE FORT: WORT UND BEDEUTUNG, DER KRANZ DER ENGEL IM WIDERSTREIT DER MEINUNGEN, hrsg. vom Franz-Ehrenwirth-Verlag, München, 1950.

[16] Manuskript Nr. 73.1936 im Marbacher Nachlaß.

[17] Le Fort, AE, S. 83.

Zeittafel

1876 Gertrud Freiin von le Fort geboren am 11. Oktober im westfälischen Minden. Eltern sind Freiherr Lothar von le Fort (1831–1902) und Freifrau Elsbeth von le Fort, geb. von Wedel-Parlow (1842-1918). Häufig wechselnde Wohnsitze in Berlin, Koblenz, Hildesheim, Ludwigslust und Gut Boek in Mecklenburg. Schule: Privatunterricht und Elisabeth-Schule, Hildesheim.

1893 Die ersten Gedichte werden in Zeitschriften veröffentlicht.

1896 Erste Italienreise.

1897 Die erste Erzählung, DIE ROTEN SCHUHE, wird in der Zeitschrift *Feierstunden* unter dem Pseudonym G. von Stark veröffentlicht.

1899 Der erste Verlagsvertrag wird mit dem B. Wiemann-Verlag über JACOMINO abgeschlossen.

1900 GEDICHTE. Fr. Bahn, Schwerin.

1902 Tod des Vaters. In den folgenden Jahren etliche Reisen.

1904 PRINZESSIN CHRISTELCHEN. Roman. Vobach, Leipzig. Unter dem Pseudonym Gerta von Stark.

1907 Erster mehrmonatiger Aufenthalt in Rom.

1908–14 Studium in Heidelberg; Begegnung mit Ernst Troeltsch.

1912 LIEDER UND LEGENDEN. Gedichte. Fritz Eckart-Verlag, Leipzig.

1913–14 Wintersemester in Marburg.

1915–16 Fortsetzung des Studiums bei dem nach Berlin berufenen Troeltsch.

1918 Tod der Mutter.

1922 Erwerb des Hauses 'Konradshöhe' in Baierbrunn bei München.

1924 HYMNEN AN DIE KIRCHE. Gedichte. Theatiner Verlag, München.

1925	Herausgabe der GLAUBENSLEHRE des 1923 verstorbenen E. Troeltsch nach eigenen Kollegnachschriften.
1926	Längerer Aufenthalt in Rom. Dort Konversion zur katholische Kirche im März.
1927	DER KURIER DER KÖNIGIN. Roman. Kösel & Pustet, München. Unter dem Pseudonym Petrea Vallerin.
1928	DAS SCHWEISSTUCH DER VERONIKA, Bd. I. DER RÖMISCHE BRUNNEN. Roman. Kösel & Pustet, München.
1930	DER PAPST AUS DEM GHETTO. Roman. Transmare-Verlag, Berlin. Begegnung mit Edith Stein in München.
1931	DIE LETZTE AM SCHAFOTT. Novelle. Kösel & Pustet, München.
1932	HYMNEN AN DEUTSCHLAND. Gedichte. Kösel & Pustet, München.
1933	Und in den folgenden Jahren: Vortragsreisen in Deutschland und in der Schweiz.
1934	DAS REICH DES KINDES. LEGENDE DER LETZTEN KAROLINGER. Langen-Müller, München. DIE EWIGE FRAU. Essay. Kösel & Pustet, München. Erweiterte Ausgabe 1960 bei Kösel.
1937–38	Vierzehnmonatiger Aufenthalt im schweizerischen Arosa.
1938	DIE MAGDEBURGISCHE HOCHZEIT. Roman. Insel-Verlag,Leipzig. DIE OPFERFLAMME. Erzählung. Insel-Verlag, Leipzig.
1939	Übersiedlung nach Oberstdorf im Allgäu. Erneut Vorträge in Deutschland, Paris und Bordeaux.
1940	DIE ABBERUFUNG DER JUNGFRAU VON BARBY. Erzählung. Michael Beckstein Verlag, München.
1943	DAS GERICHT DES MEERES. Erzählung. Insel-Verlag, Leipzig. Die erste Auflage verbrennt bei einem Bombenangriff auf die Stadt.
1946	DAS SCHWEISSTUCH DER VERONIKA, Bd. II, DER KRANZ DER ENGEL. Roman. Beckstein, München.
1946–48	Aufenthalt in der Schweiz; dort Vorträge zugunsten des Roten Kreuzes und der notleidenden deut-

schen Studenten, darunter UNSER WEG DURCH DIE NACHT.

1947 DIE CONSOLATA. Erzählung. Insel-Verlag, Leipzig. Besuch bei Hermann Hesse in Montagnola. Verleihung des Münchener Literaturpreises.

1948 Droste-Preis, zusammen mit Reinhold Schneider. Ordentliches Mitglied der Bayerischen Akademie der Schönen Künste.

1949 GEDICHTE. Insel-Verlag, Leipzig. Erweiterte Auflage, 1970. Ehrenwirth-Verlag, München.

1950 Ordentliches Mitglied der Deutschen Akademie für Sprache und Dichtung Darmstadt. DIE TOCHTER FARINATAS. VIER ERZÄHLUNGEN (mit: PLUS ULTRA; DAS GERICHT DES MEERES; DIE CONSOLATA). Insel-Verlag, Wiesbaden

1951 AUFZEICHNUNGEN UND ERINNERUNGEN. Benziger-Verlag, Köln.

1952 Gottfried-Keller-Preis der Bodmer-Stiftung in Genf.

1953 GELÖSCHTE KERZEN. (DIE VERFEMTE und DIE UNSCHULDIGEN). Erzählungen. Ehrenwirth-Verlag, München. Großes Verdienstkreuz der Bundesrepublik.

1954 AM TOR DES HIMMELS. Novelle. Insel-Verlag, Wiesbaden.

1955 Ordentliches Mitglied der Akademie der Künste Berlin. DIE FRAU DES PILATUS. Novelle. Insel-Verlag, Wiesbaden.

1956 Verleihung des Ehrendoktorats durch die Katholisch-Theologische Fakultät der Universität München.

1957 DER TURM DER BESTÄNDIGKEIT. Novelle. Insel-Verlag, Wiesbaden.

1959 DIE LETZTE BEGEGNUNG. Novelle. Insel-Verlag, Wiesbaden. DIE FRAU UND DIE TECHNIK. Essays. Verlag der Arche, Zürich. Auszeichnung mit dem Bayerischen Verdienstorden.

1961 DAS FREMDE KIND. Erzählung. Insel-Verlag, Frankfurt.

1964 DIE TOCHTER JEPHTHAS. Legende. Insel-Verlag,

	Frankfurt.
1965	HÄLFTE DES LEBENS. Autobiographie. Ehrenwirth, München.
1966	Überreichung des Großen Bundesverdienstkreuzes mit Stern.
1967	DAS SCHWEIGEN. Legende. Verlag der Arche, Zürich.
1968	WORAN ICH GLAUBE UND ANDERE AUFSÄTZE. Verlag der Arche, Zürich. DER DOM. Erzählung. Ehrenwirth, München.
1969	Kultureller Ehrenpreis der Stadt München. Zuckmayers letzter Besuch.
1971	Gertrud von le Fort stirbt am 1. November in Oberstdorf.
1975	UNSERE LIEBE FRAU VOM KARNEVAL. EINE VENEZIANISCHE LEGENDE. Aus dem Nachlaß herausgegeben. Verlag der Arche, Zürich.

Literaturhinweise

Das folgende Literaturverzeichnis ist nicht vollständig; es enthält nur die für diese Monographie benutzten Arbeiten.

Bach, Hedwig (Hrsg.): DICHTUNG IST EINE FORM DER LIEBE. München: Ehrenwirth, 1976.

Biser, Eugen: ÜBERREDUNG ZUR LIEBE. DIE DICHTERISCHE DASEINSDEUTUNG GERTRUD VON LE FORTS. Regensburg: Habbel, 1980.

Ders.: »Der Weg ins Geheimnis. Mensch und Heil nach Gertrud von le Fort« in: *Stimmen der Zeit* , Bd. 194, 101 Jg., S. 651–667.

Bossle, Lothar: »Bild und Anschauung im Werk der Gertrud von le Fort als Gestaltungsprinzip christlicher Literatur« in: COMMUNICATIO FIDEI: FESTSCHRIFT FÜR EUGEN BISER ZUM 65. GEBURTSTAG, hrsg. von Horst Bürkle und Gerold Becker. Regensburg: Pustet, 1983. S. 335–341.

Ders. und Pottier, Joël (Hrsg.): DEUTSCHE CHRISTLICHE DICHTERINNEN DES 20. JAHRHUNDERTS. Würzburg: Creator Verlag, 1990.

Brugisser, Hugo: GERTRUD VON LE FORT: DAS DICHTERISCHE WERK. Zürich und Winterthur: Keller, 1959.

Devinney, Margaret M.: THE LEGENDS OF GERTRUD VON LE FORT: TEXT AND AUDIENCE. New York und Bern: P. Lang, 1989.

Faesi, Robert: »Gertrud von le Fort« in: CHRISTLICHE DICHTER IM 20. JAHRHUNDERT. Bern und München: Francke, 1968. S. 297–314.

Göllner, Reinhard: DER BEITRAG DES ROMANWERKS GERTRUD VON LE FORTS ZUM ÖKUMENISCHEN GESPRÄCH. Paderborn: Bonifacius, 1973.

Heinen, Nicolas: GERTRUD VON LE FORT. EINFÜHRUNG IN LEBEN, KUNST UND GEDANKENWELT. Luxembourg: Editions du Centre, 1960.

Jappe, Hajo: GERTRUD VON LE FORT. DAS ERZÄHLENDE WERK. Meran: Unterberger, 1950.

Kampmann, Theoderich: DAS VERHÜLLTE DREIGESTIRN: WERNER BERGENGRUEN, GERTRUD VON LE FORT, REINHOLD SCHNEIDER. Paderborn: F. Schöningh, 1973.

Kranz, Gisbert: GERTRUD VON LE FORT. LEBEN UND WERK IN DATEN, BILDERN UND ZEUGNISSEN. Frankfurt a.M.: Insel, 1976.
La Chevallerie, Eleonore von (Hrsg.): GERTRUD VON LE FORT: WIRKEN UND WIRKUNG. Heidelberg: Universitätsdruckerei Heidelberg, 1983.
Miller, Arthur M.: BRIEFE DER FREUNDSCHAFT MIT GERTRUD VON LE FORT. Memmingen: Dietrich, 1976.
Volke, Werner (Hrsg.). GERTRUD VON LE FORT. Marbach: Marbacher Magazin 3, 1976.

Inhalt

KÖPFE DES 20. JAHRHUNDERTS

Theodor W. Adorno
Stefan Andres
Ingeborg Bachmann
Samuel Beckett
Werner Bergengruen
Thomas Bernhard
Heinrich Böll
Bert Brecht
Hermann Broch
Elias Canetti
Hans Carossa
Paul Celan
Joseph Conrad
Friedrich Dürrenmatt
Albert Einstein
Gertrud von le Fort
Max Frisch
Erich Fromm
Federico Garcia Lorca
Stefan George
Romano Guardini
Otto Hahn
Gerhart Hauptmann
Werner Heisenberg
Georg Heym
Ernest Hemingway
Hermann Hesse
Max Horkheimer
Ödön von Horváth
Eugène Ionesco
James Joyce
Ernst Jünger
Erich Kästner
Franz Kafka
John F. Kennedy
Martin Luther King
Sarah Kirsch
Siegfried Lenz
Georg Lukács
Heinrich Mann
Thomas Mann
Christian Morgenstern
Eugene O'Neill
Carl von Ossietzky
Ezra Pound
Marcel Proust
E.M. Remarque
Rainer Maria Rilke
Luise Rinser
Romain Rolland
Joseph Roth
Nelly Sachs
Antoine de Saint-Exupéry
Arno Schmidt
Reinhold Schneider
Arthur Schnitzler
Anna Seghers
Alexander Solschenizyn
John Steinbeck
Pierre Teilhard de Chardin
Kurt Tucholsky
Robert Walser
Max Weber
Frank Wedekind
Ludwig Wittgenstein
Gabriele Wohmann
Christa Wolf
Virginia Woolf
Carl Zuckmayer
Stefan Zweig

Geplante Neuerscheinungen bzw. Neubearbeitungen:

Gottfried Benn
Heinrich Böll
Günter Grass
Uwe Johnson
Heinar Kipphardt
Klaus Mann
Karl R. Popper
Jakob Wassermann
Peter Weiss

EDITION COLLOQUIUM / MORGENBUCH